राजा चम्बा और चार भाई

(क़ौमी यकजहती पर तीन अंक का ड्रामा)

हबीब तनवीर

राजकमल पेपरबैक्स

राजकमल पेपरबैक्स में
पहला संस्करण : 2025

राजकमल पेपरबैक्स : उत्कृष्ट साहित्य के जनसुलभ संस्करण

राजकमल प्रकाशन प्रा. लि.
1-बी, नेताजी सुभाष मार्ग, दरियागंज
नई दिल्ली–110 002
द्वारा प्रकाशित

शाखाएँ : अशोक राजपथ, साइंस कॉलेज के सामने, पटना-800 006
पहली मंज़िल, दरबारी बिल्डिंग, महात्मा गांधी मार्ग, प्रयागराज-211 001
1, अनमोल सोराबजी सन्तुक लेन, धोबी तलाव, मरीन लाइंस, मुम्बई-400 002
वेबसाइट : www.rajkamalprakashan.com
ई-मेल : info@rajkamalprakashan.com

विकास कंप्यूटर एंड प्रिंटर्स
ट्रॉनिका सिटी-201 102
द्वारा मुद्रित

मूल्य : ₹199

RAJA CHAMBA AUR CHAR BHAI
Play by Habib Tanveer

ISBN : 978-93-6086-604-4

हबीब तनवीर

मशहूर नाटककार और पटकथा लेखक हबीब तनवीर का जन्म 1 सितम्बर, 1923 को रायपुर में हुआ था। वे उर्दू-हिन्दी थियेटर की सबसे चर्चित हस्तियों में से एक थे। उन्होंने कुछ फ़िल्मों में भी अभिनय किया। 1959 में 'नया थियेटर' की स्थापना की। उनकी प्रमुख कृतियाँ हैं—'आगरा बाज़ार', 'चरणदास चोर', 'हिरमा की अमर कहानी', 'बहादुर कलारिन' आदि।

उन्हें कई राष्ट्रीय-अन्तरराष्ट्रीय सम्मानों से सम्मानित किया गया। जिनमें प्रमुख हैं—'कालिदास सम्मान' (1990), 'संगीत नाटक अकादेमी फेलोशिप' (1996)। 1983 में उन्हें 'पद्मश्री' और 2002 में 'पद्म भूषण' से अलंकृत किया गया। 'चरणदास चोर' नाटक 'एडिनबर्ग इंटरनेशनल ड्रामा फ़ेस्टिवल' (1982) में सम्मानित हुआ।

8 जून, 2009 को उनका निधन हुआ।

ज़माना	:	ज़माना-ए-कदीम
मक़ाम	:	पालस और मलख़ नाम के दो फ़र्ज़ी मुल्क
खेल की मुद्दत	:	ढाई घंटे

नाटक के बारे में

'राजा चम्बा और चार भाई' की पहली प्रस्तुति सन् 1972 में दिल्ली के कमानी हॉल में हुई थी। सन् 1974 में भी इसे खेला गया। इस नाटक की प्रस्तुति में छत्तीसगढ़ी कलाकारों के लालूराम, देवीलाल नाग, भुलवा राम, साथ कुछ शहरी (कुसुम हैदर, हरजीत आदि) अभिनेता भी जुड़े थे। नाटक 'राजा चम्बा और चार भाई' किसी शैली विशेष के बन्धन से मुक्त है तथा गीत-संगीत का भरपूर प्रयोग किया गया है। जैसे नाटक की शुरुआत 'आल्हा' शैली में कथाकार द्वारा कथा सुनाने से होती है। इसमें पात्र और स्थान भले ही काल्पनिक हैं लेकिन कहानी के ताने-बाने प्राचीन हिन्दुस्तान से, महाभारत से मिलते नज़र आते हैं।

नगराय परिवार के चार भाई अपनी खोई हुई हुकूमत जाने के लिए संघर्ष करते हैं। लेकिन नफ़रत/वैमनस्य का बीज चारों भाई को तबाह कर देता है।

आपसी भाईचारे तथा देश में शान्ति, एकता बनाए रखने के सन्देश को देता यह नाटक हबीब तनवीर के रंग मुहावरे की खोज में एक अभिनव प्रयोग था। तीन अंक और 17 दृश्यों के साथ यह एक बड़ा नाटक है जिसके ज़्यादा शो नहीं हो सके।

—डॉ. ऋतु रानी

सेट

ड्रामा एक सेट पर खेला जाएगा। सीढ़ियों और मुख़्तलिफ़ बुलंदियों के चबूतरों से स्टेज को बाँट दिया जाएगा। रोशनी और अँधेरे की मदद से स्टेज के मुख़्तलिफ़ गोशे अलहदा कर दिए जाएँगे और इन गोशों में छोटे सीन खेले जाएँगे—मसलन क़ैदखाना, हरमूज़ का कैम्प, कस्तूर का घर वग़ैरह। दरबारों के सीन में मुख़्तलिफ़ रंगीन झालरों और तख़्त का इज़ाफ़ा कर दिया जाएगा और वादी के सीन में एक-दो दरख़्तों के 'कट आउट' का इज़ाफ़ा। इस क़िस्म के कट आउट के पीछे तख़्त और तख़्त की क़िस्म की दूसरी चीज़ें छिप जाया करेंगी। दो मुल्कों के दरबारों के लिए और तख़्त के लिए स्टेज के गोशे मुख़्तलिफ़ होंगे। 'दौलत का कैम्प' की तरह के चन्द छोटे दृश्यों के लिए एक पर्दा इस्तेमाल किया जाएगा, जिसके पीछे सीढ़ियाँ और चबूतरे छिप जाएँगे ताकि जब कथाकार गा रहा हो या कोई छोटा सीन उस पर्दे के सामने चल रहा हो तो दूसरे सीन के लिए ज़रूरी तब्दीलियाँ की जा सकें। इस तरह सीन की तब्दीलियों के लिए ड्रामा रोकने की ज़रूरत नहीं पड़ेगी।

ड्रामे का जुगराफ़िया और तारीख़

ड्रामे में एक कथा सुनाई जाती है लेकिन इसका किसी कथा से ताल्लुक़ नहीं है। कहानी मनगढ़ंत है। मुल्क़ों, इलाक़ों और किरदारों के नाम सब फ़र्ज़ी हैं (नाम सूतयाई हुसन को मद्देनज़र रखकर गढ़े गए हैं) और नाम मुक़र्रर करते वक़्त इस बात का लिहाज़ रखा गया है कि इनमें ज़िद्दत और क़दामत दोनों एक साथ पाई जाएँ।

पालस एक फ़र्ज़ी मुल्क है जो शादाब वादियों, ऊँचे कोहिस्तानों, नीली झीलों, दरियाओं और जंगलों से भरा हुआ है। इसके शुमाल में पंजल है और जुनूब में मलख़। पंजल ग़ैर-आबाद जगह है जहाँ के ख़ानाबदोश कबीले खेती-किसानी के अलावा लूटमार भी कर लेते हैं। मलख़ एक बहुत बड़ा और तरक़्क़ीयाफ़्ता मुल्क है जहाँ थ्योरेस का राज है। पंजल एक पठार यानी सतह मुरतफा पर बसा हुआ है और मलख़ एक बहुत बड़े मैदान में। इन ममालिक से पालस जाने के लिए बहुत दुश्वार/गुजार पहाड़ियों और दर्रों का सफ़र दरपेश होता है।

कहानी को एक तारीख़ी शक्ल ज़रूर दी गई है लेकिन इसका किसी मुल्क की तारीख़ से कोई ताल्लुक़ नहीं। इस तारीख़ी अफ़साने की एक अलामती हैसियत है, बस।

—हबीब तनवीर

किरदार

मर्द

लंकर नगराय
दौलत नगराय
लोलाब नगराय
चक नगराय
राजा चम्बा—पालस का हुक्मरान
रोतांग—चम्बा का दामाद और सिपहसालार
कोटा—चम्बा का सिपाही
अहदू—एक बूढ़ा किसान
कस्तूर—एक ज़मींदार
सिंधु—आरवल का बाप
एक पंडित
रूल्ज़ू—एक डाकू
सम्राट थ्योरेस—मलख़ का हुक्मरान
करतीस—थ्योरेस का बेटा
हरमूज़—थ्योरेस का सिपहसालार
तबरेज़—करतीस का सिपाही
कथाकार

[किसान (रामदास, धर्मू, माधो), सिपाही, डाकू, शहरी वग़ैरह]

औरतें

आरवल—एक किसान लड़की
कस्तूर की माँ
ज़ून—आरवल की ख़ादिमा
नैला—चम्बा की बेटी

पहला अंक

पहला दृश्य : त्रहगाम की वादी
दूसरा दृश्य : कस्तूर का घर
तीसरा दृश्य : पालस नगर का महल
चौथा दृश्य : त्रहगाम की वादी
पाँचवाँ दृश्य : पालस नगर का शाही क़ैदख़ाना
छठा दृश्य : त्रहगाम की वादी

दूसरा अंक

पहला दृश्य : मलख़ का महल
दूसरा दृश्य : पालस नगर का महल
तीसरा दृश्य : लंकर का कैम्प
चौथा दृश्य : दौलत का कैम्प
पाँचवाँ दृश्य : लंकर का कैम्प
छठा दृश्य : चम्बा का कैम्प
सातवाँ दृश्य : पालस नगर का महल
आठवाँ दृश्य : पालस नगर का महल

तीसरा अंक

पहला दृश्य : मलख़ का महल
दूसरा दृश्य : पालस नगर का महल
तीसरा दृश्य : पालस नगर का महल
चौथा दृश्य : मलख़ का महल
पाँचवाँ दृश्य : त्रहगाम की वादी

पहला अंक

[एक गाँव का खुला मैदान—एक तरफ़ सिंधु के मकान का बाहरी हिस्सा नज़र आता है—एक बूढ़ा किसान अपने दो साथियों और साज़िन्दों के साथ 'आल्हा ऊदल' के अन्दाज़ में एक कथा सुना रहा है—चन्द किसान बैठे सुन रहे हैं। टेप के शेर पर सब गवैये एक साथ गाते हैं। कथा के दौरान में कभी-कभी किसान उठकर कहानी की तफ़सील रक्स और चुप स्वाँग (Pantomine) के ज़रिए स्टेज पर पेश करते हैं।]

कथाकार : एक देश था पालस जिसमें नागराज करता था राज
नागराज के बाद उसके बेटों का नाम पड़ा नगराय
सबसे पहला गौरव था और गौरव के थे सौ बेटे
राजपाट के तौर-तरीक़े गौरव ने सबको सिखलाए
राज किया गौरव नगराय ने चार बार पच्चीस बरस
ऐसा राज कि प्रजा ने दिन में सौ बार उसके गुण गाए
एक देश था पालस जिसमें नागराज करता राज *(नाच)*
फिर वह दिन भी आया आँखों से बरसे लाखों आँसू
उड़ी ख़बर धरती वालों को छोड़ चले गौरव नगराय
सौ थे बेटे गौरव के सब के सब कमरे में आये

[कुछ किसान जमा हो जाते हैं।]

राजा ने आँखें खोलीं और हसरत से सबको देखा
और कहा हम बहुत जिये पर जीवन को हम समझ न पाए
तख़्त-ओ-ताज सब तुमको सौंपा सब दुख-दर्द तुम्हें छोड़ा
इसे निभाओ जहाँ तक और जैसे भी तुमसे बन पाए
सदा सुहागन धरती पैदा करती है नित नये चमन
हर एक कली दो घड़ी यहाँ रहती है अपना रंग जमाए
भाँति-भाँति की मनशैया—हर एक मनशैया का भाग वही
अपनी राह चले जीवन का नये सिरे से खोज लगाए
जीवन की कुछ नहीं हक़ीक़त सुबह चढ़ी शाम उतरी धूप
जीता है बस वही जो मरने से पहले सब के काम आए
अपनी ख़ातिर कौन जिये इस जीने से मरना अच्छा
सब वीरों का वीर वही जो सब के लिए तलवार उठाए
सब दुख सहने वालों का दुख-दर्द बसा ले सीने में
सब सन्तान को एक समझ कर सब सन्तान को एक बनाए
काम करे तो पहले सोच के हर एक मनुष्य के मन की बात
बात करे तो पहले सुन के पहले लेकर सब की राय
हमने जीवन से जो सीखा सो तुमको सब सौंप दिया
और अब इससे ज़्यादा हम भी इस जीवन को समझ न पाए
तुम सब ज्ञानी हो अब इस रास्ते पर आगे क़दम उठाओ
बिना झिझक बढ़ जाओ जहाँ तक दिल का शौक़ तुम्हें ले जाए
तुम बेटे हो नागराज के जिनकी महिमा अपरम्पार
राजपाट के तौर-तरीक़े हमने सब तुमको सिखलाए

यह कह कर एक गहरी सोच में डूब गए गौरव नगराय
और बस इसके बाद न आँखें खोलीं और न होंठ हिलाए
पालस देश पर अब गौरव के सौ बेटों का राज हुआ
ऐसा राज कि प्रजा ने दिन में सौ बार उसके गुण गाए

बड़े भाई ने तख़्त सँभाला सब छोटों को साथ लिया
हुक्म दिया तो सबको सुनकर पहले लेकर सब की राय
पालस देश पे सौ भाइयों का पीढ़ियों राज रहा
पाँच बार सौ बरस रहे पालस के सब राजा नगराय

[अब यहाँ से गीत धुन पर गाया जाता है।]

अब सुन लो अन्तिम पीढ़ी में कहाँ गिरा नगरे परिवार
कैसे पालस देश में चारों ओर मच गया हाहाकार
आठ पीढ़ियों बाद वो अफ़रा तफ़री फैली पालस में
भाई-भाई और चचा-भतीजे ही में चलने लगी तलवार
ख़ून का प्यासा कोई तो कोई रंगरलियों में मग्न रहा
आँखों में ताक़त का नशा सूरत पर धन की फटकार
जितने थे सब सितम किये मजबूर किसानों पर जारी
कभी किसी को पीठ से भोंका किया किसी के पेट पे वार
शत्रु ने मौक़ा पाते ही राजपाट सब लूट लिया
नगरे नाम के एक एक बच्चे के सर पर लटकी तलवार
कोई गिरा घोड़े से कट कर कोई छिदा मैदानों में
कोई गया काबुल से आगे और कोई पहुँचा कंधार
देश-देश की खाक छानते आठ पीढ़ियाँ गुज़र गईं
पाँच बार सौ बरस फिरा जंगल-जंगल नगरे परिवार
प्रजा में भी फूट पड़ी खेतों से गई सब हरियाली
छिड़ी जंग ज़मींदारों में और जमीन हुई बीमार
पाँच बार सौ बरस रहा बस यही झमेला चारों ओर
पालस की धरती पे पड़ी आख़िर राजा चम्बा की मार

[कुछ देर सिर्फ़ संगीत और चुप स्वाँग (Pantomine) में चम्बा के मज़ालिम का इज़हार होता है।]

लगा चूसने राजा चम्बा पालस के सारे गुलज़ार
एक चीज़ पे सौ-सौ सरकारी महसूल हुए दरकार
शाल दुशाले जुवार बाजरा, नून तेल और सूत कपास
गाँव-गाँव में और भी जिन-जिन चीज़ों का लगता बाज़ार
सारे माल के बस तुरन्त ही चार भाग हो जाते थे
एक भाग हक़दार को मिलता तीन भाग जाते दरबार
बार-बार सरकारी पिट्ठू माल लूटने आ जाते
जनता सहती एक बरस में चार बार यह अत्याचार
जहाँ किसी देहात के कुछ लोगों ने बग़ावत की ठानी
कहीं अगर प्रजा ने किया यह ज़ुल्म भुगतने से इनकार
हुक्म हुआ सारी आबादी मुफ़्त करे सरकारी काम
क़र्ज़दारों और किसानों पर लाज़िम आई बेगार
समय बड़ा गम्भीर था और मिट गया था सब नगरे परिवार
चार भाई बच रहे थे इसमें जो कहलाते थे नगराय
एक था लंकर, एक था दौलत, एक था लोलाव, एक था चक्र
बड़ा भाई इन सबका नेता कहलाता लंकर नगराय
चारों ने मिल कर चम्बा को वो लोहे के चने चबवाय
इनके पीछे गली-गली चम्बा फिरता ही रहा बौराय
आओ कहें अब सूत्रधार से आज यही नाटक दिखलाए
अब आगे राजा चम्बा और चार भाई की कथा सुनाय

[स्टेज पर लंकर नगराय और कुछ किसान रह गए हैं।]

पहला दृश्य

त्रहगाम की वादी

रामदास : लंकर अभी तक आए नहीं?

धर्मू : दौलत के इन्तज़ार में हैं—लोलाव उन्हें बुलाने गया है।

रामदास : क्यों दौलत कहाँ गए हैं?

धर्मू : मालूम नहीं किधर निकल गए हैं? *(वक़्फ़ा)*

रामदास : दौलत अभी तक इस समझौते से ख़ुश नहीं है।

धर्मू : अगर सोचा जाए तो दौलत भी ठीक ही कहते हैं। यही वक़्त राजा चम्बा से लड़ने का था जबकि पालस की उत्तरी सरहद पर सरकारी फ़ौजें रूल्ज़ू डाकू से लड़ने में लगी हुई हैं।

रामदास : चम्बा यही तो चाहता था कि इस समय हम उसके साथ लड़ाई बन्द कर दें।

माधो : चम्बा यह नहीं चाहता था। चम्बा तो यह चाहता था कि इस समय हम लोग भी सरकारी फ़ौज के साथ रूल्ज़ू से लड़ें और इसी लड़ाई में ख़त्म हो जाएँ।

धर्मू : क्या बात कर रहे हो—चम्बा ख़ूब अच्छी तरह जानता है कि हम अगर सरकारी फ़ौज के साथ लड़ाई में शामिल हो जाते तो रूल्ज़ू को हराते ही चम्बा का भी तख़्ता उलट देते।

माधो : समझौते का सन्देश भेजते वक़्त चम्बा ने हमसे क्या कहलवाया था?

धर्मू : जो कुछ भी कहलवाया हो उसके दिल में यही था कि इस वक़्त हम चुप होकर बैठ जाएँ ताकि हमारी ताक़त और ज़्यादा ज़ोर न पकड़े।

[इस बीच में अहदू आ के बैठ गया है।]

रामदास : मीटिंग में और कितनी देर है अहदू?

अहदू : बस लंकर और चक चल पड़े हैं। उनके आते ही शुरू कर देंगे।

रामदास : और दौलत?

अहदू : दौलत और लोलाव भी आते ही होंगे।

माधो : राजा चम्बा ने साफ़ यह हमसे कहलवाया था कि या हमारे साथ मिलकर दुश्मन का मुक़ाबला करो या कम से कम इस समय सरकार के साथ लड़ाई बन्द करो। यानी उसकी दो रूख़ी पॉलिसी थीं।

अहदू : अरे चम्बा क्या जाने राजनीति किसे कहते हैं। यह सब इसकी बेटी की चालाकियाँ हैं।

धर्मू : अगर हम रूल्ज़ू से लड़ने के लिए राज़ी हो जाते तो क्या हम हार जाते?

माधो : हार जाते तो वाह-वाह—हरा देते तो वाह-वाह। बाद में चम्बा हमसे निबट लेता।

धर्मू : हम निबट लेते या वह निबट लेता?

माधो : अगर हम रूल्ज़ू से लड़ने के लिए तैयार हो जाते तो चम्बा बस नाम के लिए लड़ाई में शामिल होता।

रामदास : देखो तुम चम्बा की पॉलिसी समझ नहीं रहे हो। वह दरअसल यही चाहता था कि हम रूल्ज़ू से भी न लड़ें और सरकार से भी न लड़ें। ताकि बाद में वह इल्ज़ाम धरे कि देखो लंकर और उसके भाइयों ने देश के लिए दुश्मन पर तलवार उठाने से तो इनकार कर दिया लेकिन वही सरकार जो शत्रु का तनहा मुक़ाबला करती रही, आज उसी को मिटा देने के लिए ये लोग कैसे तैयार हैं।

अहदू : ख़ैर, चम्बा क्या कहेगा और क्या नहीं कहेगा, इन बातों को बार-बार दोहराने से कोई फ़ायदा नहीं। चम्बा तो आज यह भी कहता है कि पालस देश कई छोटे-छोटे टुकड़ों में

बँटा हुआ था, इसने आकर एकता पैदा की और इसे एक विशाल देश बना दिया। लेकिन क्या चम्बा की हर बात लोग मान लेते हैं? लड़ाई तो आज भी चारों तरफ़ जारी है। पहले यह था कि नगरे परिवार की आपसी लड़ाइयों से फ़ायदा उठाकर चम्बा के जैसे छोटे-छोटे अमीर, वजीर, राजा, ज़मींदार सब ही राज से बग़ावत करने लग गए थे और जब चारों तरफ़ बस एक यही भूमिका बन गई तो चम्बा इसी त्रहगाम का एक मामूली ज़मींदार जो आज राजाओं का राजा कहलाता है चुपके से बढ़ा और पालस नगर पर क़ाबिज़ हो गया। आज की समस्या क्या है—आज भी चारों तरफ़ बग़ावत फैली हुई है और सारे देश की आँखें नगरे परिवार के चार भाइयों पर जमी हुई हैं। यह मत सोचो कि चम्बा हमसे क्या चाहता था यह देखो कि हम क्या चाहते हैं। हमने अपना नफ़ा-नुक़सान सब अच्छी तरह सोच के चम्बा के साथ समझौता किया है। इस वक़्त यही मुनासिब था और इतना हम भी जानते हैं और चम्बा भी ख़ूब अच्छी तरह समझता है कि रूल्ज़ू के बाद हम चम्बा से निबट लेंगे।

रामदास : और अगर रूल्ज़ू जीत गया तो!

[लंकर नगराय और चक नगराय आते हैं।]

लंकर : रूल्ज़ू के जीत जाने से हमारे लिए कोई फ़र्क़ न पड़ेगा।

अहदू : दौलत का कुछ पता चला लंकर?

लंकर : आता ही होगा—लोलाव उसे देखने गया है।

रामदास : मुझे तो कुछ फ़िक्र हो चली है।

लंकर : नहीं, फ़िक्र की क्या बात है?

चक : जब तक दौलत भाई के हाथ में तलवार है फ़िक्र की कोई बात नहीं और बिना तलवार के वह कभी निकलते नहीं।

लंकर : माफ़ करना मेरी वजह से मीटिंग में कुछ देर हो गई। बस अब कार्यवाही शुरू करें। दौलत और लोलाव आ जाएँगे।

अहदू : इस साल गल्ले की बहुत कमी है, सबसे पहले इस समय के बारे में सोच-विचार करना चाहिए।

लंकर : हाँ, तो क्या राय है आप लोगों की?

रामदास : आख़िर फ़सल का तीन-चौथाई हिस्सा अगर फ़ौज को दे दिया जाए तो क्या बचेगा—बस यह बात लोगों को समझाना है कि यह तकलीफ़ कुछ दिनों की है। जैसे ही सरकारी फ़ौजें रूल्ज़ू के साथ लड़ाई में पूरी तरह उलझ जाती हैं—हम फ़ौज को रसद देना बन्द कर देंगे।

माधो : सिपाहियों को रसद बन्द कर देने से हम गोया रूल्ज़ू के हाथ और मजबूत कर देंगे—यह क्यों?

अहदू : ऐसा फ़ैसला न हमने किया है न करेंगे।

चक : और अगर ऐसा फ़ैसला करें भी तो यह बात सबसे कहने की नहीं है।

लंकर : हर मामले पर हालात देखकर ग़ौर करना चाहिए। आगे चलकर हालात क्या रुख़ इख़्तियार करते हैं इसके बारे में सब कुछ इस वक़्त नहीं सोचा जा सकेगा। आज की समस्या यह है कि समझौते के मुताबिक़ हमें सरकार को कोवरी देना है। यानी तीन-चौथाई फ़सल सरकारी महसूल में फ़ौज की रसद के लिए दी जाएगी। लोगों को यह नहीं समझाना है कि यह तकलीफ़ कुछ दिनों की है बल्कि उनसे यह कहना है कि यह तकलीफ़ बहुत दिनों के लिए है और हमें इन्हीं हालात में किसी न किसी तरह गुज़र करना है।

माधो : हमें तो यही चाहिए कि रसद पर कंट्रोल रखें और जनता से कहें कि शादी-ब्याह में सादगी बरतें, बड़ी-बड़ी दावतें न करें और आम तौर से किफ़ायत से काम लें।

धर्मू : हम कहेंगे और लोग मान जाएँगे? हमारे ही बीच में सिन्धु जैसे कितने ही लोग हैं जो ग़ल्ला अपने घरों में दबाए बैठे हैं और गोदाम में देने से इनकार करते हैं। हर चीज़ की क़ीमत बढ़ती जा रही है—ग़ल्ला इतना महँगा हो गया है। लड़ाई जितनी और बढ़ेगी काला बाज़ार और भी गर्म होगा। भाषणों से भला कहीं समाज बदला है।

रामदास : सिन्धु जैसे लोगों को सबक़ सिखाने के लिए भी हमारी पार्टी को कुछ ख़ास तरीक़े इख़्तियार करने होंगे।

अहदू : इसका मतलब है कि हमें अपनी पार्टी को अभी और मज़बूत बनाना है और जनता में फैलाना है इसलिए हमें कुछ मोहलत चाहिए। इस समझौते ने हमें यह मोहलत दी है और इससे हमें फ़ायदा उठाना चाहिए।

लंकर : अहदू ठीक कहते हैं। जब तक गाँव-गाँव में नौजवानों का ऐसा जत्था तैयार नहीं हो जाता जो समाज की सेवा करने के लिए हर वक़्त तैयार रहे उस वक़्त तक कामयाबी हमें नहीं मिलेगी। *(लोलाव नगराय आता है।)* क्या बात है लोलाव? दौलत कहाँ है?

लोलाव : क्या बताऊँ! दौलत ने गोदाम जला दिया।

लंकर : क्या किया?

अहदू : *(एक साथ)* यह इसे क्या सूझी!

लंकर : *(वक़्फ़ा)* कहाँ है वो? और इस वक़्त क्या कर रहा है?

चक : यह लीजिए वो ख़ुद ही इधर आ रहे हैं।

[दौलत नगराय आता है।]

लंकर : दौलत! यह तुमने क्या किया?

दौलत : लोलाव ने आपको बता दिया होगा।

लंकर : हाँ, बताया—लेकिन क्या तेरी अक्ल गुम है? आख़िर ऐसा तुमने क्यों किया? यह तुम भी अच्छी तरह जानते हो कि

तुम्हारा यह अमल सिर्फ़ चम्बा ही की मुख़ालफ़त नहीं करता बल्कि त्रहगाम के सब किसानों के ख़िलाफ़ है और ख़ुद मेरे भी ख़िलाफ़ है।

दौलत : तीन-चौथाई चम्बा के है और एक-चौथाई अपने ख़िलाफ़।

अहदू : जब समझौते के वक़्त आपकी राय नहीं चली तो आपने यह एक अजीब काम कर दिखाया।

दौलत : अहदू दादा, मैं अब आपको क्या समझाऊँ।

लंकर : तुम ज़रा मुझसे पूछ लेते या यहाँ आकर अपनी बात कहते।

दौलत : इसके लिए वक़्त नहीं था।

लंकर : क्या मतलब?

दौलत : मैं गोदाम जला देने के इरादे से नहीं निकला था लेकिन मैं जब वहाँ पहुँचा तो मुझे कोई और चारा नज़र नहीं आया।

लंकर : क्यों?

दौलत : चम्बा के वही आदमी जो गोदाम की रक्षा कर रहे थे, कौरवी के अलावा जुल्म से, रिश्वत से, अपने-अपने मतलब के लिए ग़ल्ला वसूल करने में लगे हुए थे।

लंकर : फ़ौज के आदमियों के अलावा हमारे आदमी भी तो गोदाम पर तैनात किये गए थे।

दौलत : बहरहाल मैंने यही सुना था और मैं जब वहाँ पहुँचा तो मैंने एक सिपाही को ग़ल्ला तौल कर अपने झोले में लेते हुए देखा।

लंकर : बस इतना देखते ही तुमने गोदाम में आग लगा दी और सिपाही तमाशा देखते रहे।

लोलाव : दौलत ने चम्बा के सब बहादुरों को भी मार दिया है।

लंकर : वो कैसे?

दौलत : हमारे भी तो बारह पहरेदार थे उनकी मदद से।

लंकर : *(वक़्फ़ा बाद)* अच्छा—समझौता तो ख़त्म हुआ। अब आगे फ़रमाइए क्या किया जाए।

दौलत : शायद आप लोगों को नहीं मालूम कि चम्बा ने अपने हरकारे मलख़ भेज दिये हैं।

रामदास : वो किसलिए?

दौलत : ज़ाहिर है कि रूल्ज़ू के लिए चम्बा को कुमक की ज़रूरत नहीं, लेकिन वह जानता है कि हम लोगों से निबटना इसके लिए मुश्किल है। इसीलिए हमसे फ़िलहाल समझौता किया था ताकि आगे चलकर मलख़ की फ़ौज की मदद से हमारे ख़िलाफ़ जंग करे। इसे इसका मौक़ा देना हरगिज़ मुनासिब नहीं था। इसलिए मैंने गोदाम जला दिया।

लंकर : ख़ैर यह तुमने बुरा किया। यह लाज़िमी नहीं है कि जो कुछ चम्बा चाहता है वही हो के रहे। आख़िर हम लोग भी अपनी पॉलिसी पर ग़ौर कर रहे थे।

मुझे मालूम था कि चम्बा ने अपना दूत मलख़ के हुक्मरान शहंशाह थ्योरस के दरबार में भेजा है। लेकिन इसका यह मतलब तो नहीं कि पैगाम सुनते ही मलख़ की फ़ौजें पालस में घुस आएँगी। थ्योरस पहले यह देखता कि लड़ाई किस नतीजे पर पहुँचती है इसके बाद फ़ैसला करता कि विजयी पक्ष की तरफ़ झुके या हारी हुई कौवत की तरफ़।

चक : और ज़ाहिर है कि चम्बा से लड़ने में विजय हमारी होगी।

लोलाव : यह तो सच है कि जिसकी विजय उसके सब? हाँ, मगर ऐसा हमेशा नहीं होता।

दौलत : मैं इतना जानता हूँ कि मेरे गोदाम जला देने के बाद अब मलख़ की फ़ौज़ें पालस में फ़ौरन नहीं घुस आएँगी।

लंकर : हाँ, लेकिन चम्बा की फ़ौज़ें अब फिर हमारा पीछा करेंगी। समझौता और शान्ति उस वक़्त हमारे लिए भी अच्छा था लेकिन अब फिर हमें पहाड़ों पर चढ़ना होगा।

चक : और पहाड़ियों पर आज तक तो चम्बा हमें शिकस्त दे नहीं सका।

लंकर : चक, तुम्हारी पिंडली का क्या हाल है? पहाड़ चढ़ लोगे?

चक : हाँ-हाँ।

अहदू : हमारे कुछ आदमी आप लोगों के साथ जाएँ बाकी मेरे साथ गाँवों की हिफ़ाज़त करेंगे।

धर्मू : अहदू दादा ठीक कह रहे हैं।

रामदास : हाँ, ठीक है।

माधो : यही मुनासिब है।

लोलाव : इन बारह किसानों को हमारे साथ जाना चाहिए जो गोदाम पर तैनात थे। चम्बा इन्हें ज़िन्दा न छोड़ेगा।

दौलत : वे तैयार हैं। बस हमारे इशारे का इन्तज़ार कर रहे हैं।

[सिन्धु आता है।]

सिन्धु : दौलत, गोदाम जलने का तमाशा मैं भी दूर से खड़ा देख रहा था लेकिन इधर या उधर मैंने किसी की मदद नहीं की और न मैं तुम्हारे इशारे का इन्तज़ार कर रहा हूँ। लंकर, तुम्हारे भाई ने यह बहुत बुरा किया।

लंकर : चम्बा जो ज़ुल्म पालस पर कर रहा था वो इससे भी बुरा है सिन्धु।

लोलाव : आप इस नतीजे पर कैसे पहुँचेंगे कि गोदाम जलने में दौलत भाई का हाथ है?

सिन्धु : मैं बहस करने के लिए नहीं आया।

लोलाव : आप यहाँ आए क्यों और कैसे आए?

सिन्धु : बस आ गया—सिर्फ़ यह कहने के लिए कि दौलत को यह हरगिज़ नहीं करना चाहिए था।

चक : फिर वही नामाक़ूल बात।

सिन्धु : इसका नतीजा सारे त्रहगाम के लिए बुरा होगा। मैं तुमसे कहे देता हूँ लंकर कि मैं चम्बा के ख़िलाफ़ हाथ हरगिज़ न उठाऊँगा। मैं अपनी हैसियत जानता हूँ और मुझे लड़ाई-झगड़ों में बिलकुल दिलचस्पी नहीं और मैं यह भी

नहीं चाहता कि तुम मेरी लड़की को बरगलाओ—बस मैं कहे देता हूँ।

[कुछ शुरू हो जाती है—लंकर ख़ामोश है।]

चक : तुम्हें यहाँ किसने बुलाया है?

लोलाव : इनकी बकवास बन्द ही नहीं हो रही।

धर्मू : यह शायद ख़ुद नहीं आए हैं—किसी ने भेजा है।

माधो : हो सकता है।

रामदास : इसका अपना गोदाम तो अब तक बचा हुआ है।

सिन्धु : लंकर अपने भाइयों को ज़रा समझाओ। मैं सिर्फ़ यह कहना चाहता हूँ कि न मैं चम्बा का हाथ बढ़ाऊँगा न उसके ख़िलाफ़ कुछ कहूँगा और न आरवल को बीच में आने दूँगा, मुझे बस अपने घर की शान्ति पसन्द है। मैं कहे देता हूँ।

[यह कहकर सिन्धु चला जाता है।]

लोलाव : यह सिन्धु ज़रूर कुछ गड़बड़ करेगा।

चक : वह क्या गड़बड़ कर सकता है। ज़्यादा से ज़्यादा चम्बा के आदमियों से कह देगा कि हम पहाड़ियों पर चढ़ गए हैं। हर साल हम यही करते रहे हैं। चम्बा क्या नहीं जानता और लड़ाई में बस हमेशा चम्बा के आदमियों की शिकस्त होती है।

दौलत : लंकर भइया आप सिन्धु की फ़िक्र न कीजिए।

लंकर : मैं सिन्धु के बारे में नहीं सोच रहा हूँ।

दौलत : और न चम्बा की तरफ़ से फ़िक्र की कोई बात है। यूँ भी हमें रूल्ज़ू से लड़ना ही पड़ता। अब रूल्ज़ू न सही चम्बा सही।

चक : या फिर दोनों सही।

लोलाव : हमारी लड़ाई के दौरान में रूल्ज़ू शायद आगे न बढ़े वह कुछ दिनों तमाशा देखेगा।

दौलत : सरकार में रिश्वतखोरी और ऐशपसन्दी इस क़दर आम है कि यूँ भी रूल्ज़ू का मुक़ाबला वे दिल-ओ-जान से हरगिज़ न करते और चम्बा ख़ुद अपनी रैयत से इस क़दर डरता है कि न वह हमसे मदद लेना चाहता था और न किसानों में हथियार बाँट सकता था। कौमी मुहाज़ पर यह काम सिर्फ़ हम कर सकते हैं। फ़र्क़ यह है कि हम लड़ेंगे सारी कौम के बलबूते पर और सारे देश के लिए और चम्बा लड़ना चाहता है सिर्फ़ अपने लिए और किसी और के सहारे, यानी मलख़ देश के शहंशाह थ्योरस की ताक़त के बल पर, जो इतनी दूर यहाँ दक्खिन में राज कर रहा है।

चक : लंकर भइया आप किस सोच में पड़े हैं?

लंकर : कुछ नहीं—यूँ ही।

लोलाव : यह धूल कैसी?

[लोलाव देख रहा है सबकी नज़रें इस तरफ़ घूम जाती हैं, इतने में आरवल तेज़ी से आती है।]

आरवल : लंकर मैं भी तुम्हारे साथ जाऊँगी।

लंकर : तुम कैसे चली आईं आरवल?

लोलाव : मालूम होता है चम्बा की फ़ौजें आ गईं।

आरवल : मैंने सुना है चम्बा की फ़ौजें त्रहगाम पहुँच गई हैं।

दौलत : यह धूल तो यही कह रही है।

लोलाव : लंकर भइया हमें निकल जाना चाहिए।

लंकर : हाँ-हाँ।

दौलत : सुनिए, मैं आगे जाता हूँ—जब मैं इस तरह हाथ हिलाऊँ तो चले आइएगा।

लंकर : अच्छा।

दौलत : सिपाही अगर इस पहाड़ी पर चढ़ने लगें तो हमें इस तरह इशारा कर देना अहदू।

अहदू : ठीक है।

दौलत : *(किसानों से)* आप लोग मेरे साथ आइए। एक जगह तय कर लेते हैं जहाँ आप लोगों को कुछ देर रुकना पड़ेगा।

रामदास : ठीक है।

धर्मू : आइए।

माधो : चलो। *(तीनों किसान दौलत के साथ जाते हैं।)*

लंकर : *(आरवल से)* मैं अभी तुम्हारे ही बारे में सोच रहा था कि तुम आ गईं।

आरवल : लंकर तुम अकेले नहीं जाओगे, मैं भी चलूँगी तुम्हारे साथ पहाड़ पर।

लंकर : पागल हुई हो—मेरे साथ कहाँ जाओगी?

चक : दौलत इशारा कर रहा है—चलें।

लोलाव : आओ—*(लोलाव और चक कुछ किसानों के साथ चले जाते हैं।)*

लंकर : *(आरवल से)* सिन्धु क्या कहेगा।

आरवल : मुझे परवाह नहीं।

लंकर : उसे हमारा बात करना भी गवारा नहीं। वह जात-पाँत बहुत मानता है न?

आरवल : कहते यही हैं। लेकिन सच पूछो तो बापू तुम्हारी इस ज़िन्दगी से डरते हैं।

सिन्धु : इसी ज़िन्दगी को देखकर तो मैं भी तुमसे कुछ कहते झिझकता हूँ।

आरवल : लेकिन अगर मुझे तुम्हारे साथ ही रहने में मज़ा आता हो?

सिन्धु : *(घर के अन्दर से पुकारता है)* आरवल! *(ख़ामोशी)* आरवल!

आरवल : बापू!

सिन्धु : तू वहाँ क्या कर रही है?

आरवल : मुझे यहाँ अकेला न छोड़ो लंकर—मुझे डर लगता है।

लंकर : मेरे साथ आने में तुम्हें डर नहीं लगता?

आरवल : बिलकुल नहीं।

अहदू : *(जो एक टीले पर खड़ा है)* राजा के आदमी मुझे दूर से आते दिखाई दे रहे हैं—बस अब आपको यहाँ से निकल जाना चाहिए।

लंकर : *(जाते हुए)* आरवल! *(आरवल दौड़कर पास आती है)* नहीं, नहीं तुम वहीं रहो! मैं चला। ख़याल रखना। *(जाता है—सिन्धु आता है।)*

सिन्धु : *(आरवल का हाथ पकड़कर)* तू यहाँ खड़ी क्या कर रही है?

आरवल : बापू मेरा हाथ छोड़ दो। *(झटककर हाथ छुड़ा लेती है।)*

सिन्धु : तू यहाँ क्यों खड़ी है—घर के अन्दर क्यों नहीं जाती?

आरवल : इन लोगों को पहाड़ों पर चढ़ते देख रही हूँ।

सिन्धु : लंकर गया?

अहदू : वह खड़े किसानों को कुछ समझा रहे हैं—बस अब जाने ही वाले हैं।

[आरवल भागकर बाहर चली जाती है।]

सिन्धु : आरवल! आरवल!

अहदू : आरवल! इधर सुनो—सुनो एक बात—बहुत ज़िद्दी लड़की है। बस भागे चली जा रही है—चम्बा के आदमी गाँव में पहुँच गए हैं। यह तो बहुत ख़तरनाक बात है। ज़रा मैं देखूँ।

[यह कहकर अहदू भी बाहर चला जाता है।]

सिन्धु : *(पूरी आवाज़ से)* आरवल! *(ख़ुद से)* कहीं नज़र ही नहीं आती। अरे यह क्या—राजा का लश्कर। *(चला जाता है—दो सिपाही आरवल को पकड़े वापस आते हैं।)*

पहला सिपाही : क्या तू भी बाग़ी है?

दूसरा सिपाही : पैदायशी बाग़ी है यह—इसके बाल देखो—कैसी बग़ावत पर आमादा हैं। आरवल एक ज़ंजीर निकालती है—एक सिपाही इसकी कलाई पकड़ लेता है। दूसरा झिझककर पीछे हट जाता है। लंकर भागता हुआ दाख़िल होता है और अपनी तलवार से एक सिपाही का ख़ात्मा कर देता है—दूसरा सिपाही भाग निकलता है।

लंकर : आरवल, मैं अब यहाँ नहीं रुक सकता। मुझे पहाड़ पर चढ़ जाना चाहिए। बस अब तुम घर चली जाओ।

आरवल : क्या तुम्हारे बग़ैर मेरी ज़िन्दगी कम ख़तरनाक है जो मुझे साथ ले जाने से झिझकते हो।

[तेज़ी के साथ दौलत दो आदमियों के साथ नंगी तलवार लिये दाख़िल होता है।]

दौलत : चम्बा मय अपने लश्कर के गाँव में दाख़िल हो गया है। बस अब हमें एक लम्हा भी यहाँ न रुकना चाहिए।

आरवल : लंकर—जाओ तुम—बस चले जाओ अब। मैं घर जा रही हूँ। बस अब तुम देर न करो। अच्छा मैं ख़ुद ही चली।

[चली जाती है—दूसरी तरफ़ से लंकर, दौलत और इनके साथी चले जाते हैं—अहदू एक किसान के साथ दाख़िल होता है।]

अहदू : *(पुकारता हुआ आता है)* आरवल! *(आरवल घर के अन्दर से झाँककर देखती है।)* मैं चारों तरफ़ तुम्हें ढूँढ़ रहा था। कब आई तू?

[आरवल कुछ जवाब नहीं देती रो रही है—फ़ौरन दरवाज़ा बन्द कर लेती है।]

किसान : चम्बा!

अहदू : किधर?

किसान : इसी तरफ़ आ रहा है। हम लोग हट जाएँ।

[दोनों बाहर चले जाते हैं—चम्बा अपनी बेटी नैला और सिपाहियों के साथ दाख़िल होता है।]

चम्बा : रुक जाओ—बस अब और पीछा करने से कोई फ़ायदा नहीं। वे बन्दर हैं—अब हाथ न आएँगे—कोटा!

कोटा : महाराज!

चम्बा : तुमने अभी तक क्या किया?

कोटा : महाराज के हुक्म की तामील कर रहे हैं। उनका घर बर्बाद कर दिया है।

नैला : बाबा, इन लोगों से पहाड़ों पर लड़ना फ़ज़ूल है।

चम्बा : बिलकुल फ़ज़ूल—हमारे सिपाही निकम्मे हैं। *(कोटा से)* रोतांग कहाँ है?

कोटा : यहीं कहीं होंगे सरकार।

चम्बा : यहाँ बुलाओ उसे।

कोटा : जो आज्ञा महाराज! *(जाता है)*

चम्बा : नैला, तुम्हारा शौहर किसी काम का नहीं है। सिपहसालार बना फिरता है। नाम ऐसा रखा है कि मालूम हो—बहुत बड़ा सूरमा है। रोतांग रायना—बरसों से इन लोगों से लड़ रहा है—आज तक इन पर फ़तह न पा सका। *(रोतांग रायना आता है।)* रोतांग!

रोतांग : महाराज!

चम्बा : हमारे सिपाहियों को पहाड़ियों पर लड़ना आता नहीं और ये चारों भाई इस कदर जंगजू हैं कि मैदान में भी हमारी फ़ौजों को शिकस्त दे दें।

रोतांग : मैदान में लड़ने की हिम्मत होती तो ये पहाड़ों पर न भागते।

चम्बा : अगर तुम्हें यक़ीन है कि वादी में उतरकर ये लोग शिकस्त

खाएँगे तो कोई ऐसी तरक़ीब निकालो कि ये लोग वादी में उतर आएँ। सिपहसालार का काम महज़ लड़ना और हार जाना नहीं है—हिकमत अमली का नाम है सिपहसालारी।

नैला : बाबा, मेरे ख़याल में इन पहाड़ियों पर बसने वाले किसानों को मिलाने की कोशिश करनी चाहिए।

चम्बा : रोतांग, तुमसे बेहतर सिपहसालारी तुम्हारी बीबी जानती है। जाओ, गाँव वालों को रिश्वत दो और हो सके तो चारों भाइयों को वरना उनके सरगना लंकर नगराय को पकड़ लो। सबसे बड़े का नाम लंकर ही है न?

रोतांग : जी।

चम्बा : गाँव के लोग तुम्हारी मदद नहीं करेंगे तो ये उचक्के कभी हाथ न आएँगे। *(कस्तूर बिलबिलाता हुआ आता है और चम्बा के पैरों पर गिर जाता है।)*

कस्तूर : महाराज! बचाइए महाराज! रक्षा! सरकार रक्षा! हमें बचाइए।

चम्बा : कौन हो तुम?

[कस्तूर की माँ इसके पीछे भागती हुई आती है और कस्तूर को मारती है।]

कस्तूर की माँ : हरामी कहीं के—शर्म नहीं आती, इतना बड़ा होकर रोता है। उठ ज़मीन से—माटी मले, नाक रगड़ते शर्म नहीं आती।

चम्बा : कौन हैं ये लोग? ये लोग कौन हैं?

कस्तूर : मुझे बचा लीजिए महाराज!

कस्तूर की माँ : हमें ग़रीब समझकर ये सिपाही सता रहे हैं। *(कस्तूर से)* अरे उठ ज़मीन से, मैं कहती हूँ। नकसीर फोड़ दूँगी तेरी।

चम्बा : क्या चाहते हैं ये लोग?

कस्तूर की माँ : उई! वो मूँड़ी कटा पंडित कहाँ भाग गया?

[दो सिपाही पंडित को पकड़े हुए अन्दर आते हैं]

चम्बा : ये कौन है?

कस्तूर की माँ : हाय-हाय, यही तो है वो पंडित का बच्चा जो सिपाहियों को देखते ही ऐसा गायब हुआ था जैसे गधे के सिर से सींग। डरपोक कहीं का। न यह भागता न हम पर यह आफ़त आती।

पहला सिपाही : महाराज! ये लोग अभी-अभी इसी पहाड़ी से उतरे हैं, जहाँ लंकर और उसके साथी भागे हैं। नाम पूछते हैं तो ये लोग बताते नहीं। हमें शक है कि इनमें से कोई लंकर का भाई न हो।

माँ : अरे नाम बताने की फ़ुर्सत किसे थी। एक रोने में लगा था, दूसरा अपनी तोंद सँभाले भागा चला जा रहा था। हवास ही ठिकाने न थे इन मरदूदों के और मुझसे कोई बात ही नहीं करता।

रोतांग : तुम लोग पहाड़ से किसलिए उतरे?

माँ : *(कस्तूर से)* उठ रे! *(मारती है—कस्तूर उठता है)*

पंडित : महाराज!

माँ : चुप रहो तुम पंडित जी। अरे मैं अपने निगोड़े बेटे के लिए वधू की तलाश में निकली हूँ और इस हरामख़ोर पंडित को साथ लाई हूँ ताकि यह लगन की घड़ी मुकर्रर करे। सिपाहियों को देखकर इन दोनों के ऐसे होश उड़े कि मैं हैरान ही रह गई।

नैला : तुम लंकर नगराय और उसके भाइयों को जानती हो?

माँ : शैतान की तरह मशहूर हैं चारों। इन बदमाशों को कौन नहीं जानता।

नैला : क्या तुम्हारे गाँव में सब इन्हें बदमाश समझते हैं?

माँ : अरे गाँव वाले तो इन्हें धर्मात्मा समझते हैं धर्मात्मा। लेकिन मैं जानती हूँ इनकी करतूतें। तुम्हारे सिपाही बावले हैं। मासूमों के पीछे भागते फिरते हैं। चार लीडरों ने इन्हें तिगनी का नाच नचा दिया। इतने सारे मुस्टंडे सब देखने के ही हैं।

नैला : *(रोतांग से)* ज़रा सुनिए *(रोतांग को एक तरफ़ ले जाती है थोड़ी देर सरगोशी करने के बाद चम्बा से)* बाबा!

[इशारे से उसे बुलाती है और जेरेलव कुछ कहती है]

चम्बा : *(कुछ सिक्के कस्तूर की माँ को देते हुए)* ये लो। लड़के की शादी में काम आएँगे। रोतांग!

[इशारे से रोतांग को बुलाता है और बाहर चला जाता है उसके पीछे रोतांग, नैला, कोटा और सिपाही चले जाते हैं।]

माँ : उई, यह कौन था?

पंडित : यही थे राजाओं के राजा महाराजा चम्बा।

माँ : उई मुझ पर फटकार। मैं खड़ी ज़मीन में धँस न गई। मेरी ज़बान में कीड़े पड़ें, मैं गूँगी हो जाऊँ और तुम भी कुछ नहीं बोले पंडित जी। राजा के सामने कोई ऐसी बात करता है।

[सिन्धु बाहर झाँककर देखता है]

सिन्धु : कौन कस्तूर की माँ?

माँ : हाँ मैं ही हूँ दुखियारी।

सिन्धु : आओ आओ—यह शोर काहे का था?

माँ : मैं राजा से बातें कर रही थी।

सिन्धु : क्या? *(वक़्फ़ा)* महाराज गए?

पंडित : गए।

सिन्धु : तुमने सुना आज हमारे यहाँ त्रहगाम में क्या फ़ज़ीता हुआ।

माँ : अरे फ़ज़ीता तो होते-होते रह गया। अब तक मेरा दिल काबू में नहीं है।

सिन्धु : आज ही के दिन होना था यह सब कुछ।

माँ : अच्छा अब ये बताओ...

कस्तूर : माँ!

माँ : क्या है रे?

कस्तूर : मैं नहीं करूँगा शादी।

माँ : चुप।

कस्तूर : मैं बस तेरे साथ रहूँगा माँ। मुझे शादी नहीं करना है।

माँ : मेरा बच्चा, अरे मैं कहाँ जाती हूँ। मैं तो हूँ ही तेरे साथ। सिन्धु, आज ही मंगनी की रस्म का दिन है—क्या भूल गए?

सिन्धु : पंडित जी ने लगन निकाली?

पंडित : लगन निकालने के लिए ज़रा देखना...

माँ : हाँ-हाँ लगन-वगन सब निकाल ली गई है। *(सिन्धु से)* तुम इस तरह खड़े कब तक रहोगे। तुम बताओ, तुम्हारी तैयारी पूरी है?

सिन्धु : हाँ, बस वो लड़की।

माँ : लड़की जाए भाड़ में। हमको तो कुछ बैठने का ठिकाना बताओ।

सिन्धु : अरे हाँ—मैं तो भूल ही गया।

[अन्दर से चटाइयाँ लेकर आता है—कुछ पड़ोसी बीबी-बच्चे समेत आ जाते हैं। सब बैठते हैं, ढोलक पर औरतें गाती हैं—एक मोटी औरत घर के अन्दर जाती है और फ़ौरन बाहर निकलकर कहती है।]

मोटी औरत : *(बाहर आते हुए)* वह लड़की तो किसी के काबू ही में नहीं आती। साफ़ इनकार करती है बाहर आने से। मैंने हाथ पकड़ा तो मेरा हाथ काट लिया—देखो ज़रा बत्तीसी सारी गड़ गई गोश्त के अन्दर।

[सिन्धु घबराकर अन्दर जाता है।]

मोटी औरत : देखना बहन हाथ—अजीब लड़की है।

ठिंगनी औरत : पागल हो गई है क्या?

मोटी औरत : बिन माँ की लड़की जंगली होती है।

बूढ़ी औरत : मैं जाकर समझाऊँ—बाप क्या समझा सकेगा।

[बूढ़ी औरत अन्दर जाती है—गीत जारी है। थोड़ी देर बाद बूढ़ी औरत आरवल को लिये बाहर आती है। पीछे-पीछे सिन्धु है। गीत खत्म हो जाता है। पंडित जी कुछ श्लोक पढ़ते हैं और रस्म ख़त्म होती है। इसके बाद थाल में कुछ प्रसाद आता है। पंडित जी थाल में खाते हैं—फिर कहते हैं।]

पंडित : औरतों के लिए हमारा जूठा बहुत पवित्र और शुभ है। आओ इसी थाल में से खा लो।

एक औरत : पंडित जी का जूठा खाने से औलाद होती है।

दूसरी औरत : सुना है पंडित जी का जूठा खा लो तो सुहाग बना रहता है।

तीसरी औरत : तो आओ बहन।

[सब मिलकर पंडित जी को घेर लेती हैं और उसी थाल में से खाती हैं। पंडित जी अपने हाथ से औरतों को खिलाते जाते हैं और श्लोक पढ़ते जाते हैं। आरवल की सिसकियाँ साफ़ सुनाई दे रही हैं।]

दूसरा दृश्य

कस्तूर का घर

[सूरज निकलने ही वाला है। आरवल पकाना, राँधना ख़त्म करके रसोई से निकलती है। एक कपड़े में कुछ खाने की चीज़ें बाँधकर चुपके से बाहर निकल जाती है। कस्तूर आता है और इसे आवाज़ देता है।]

कस्तूर : कहाँ चली? अरे सुन इधर!

[माँ अन्दर जाती है।]

माँ : *(पुकार कर)* अरी वो! *(कस्तूर से)* फिर निकल गई वो —आज देखती हूँ कैसे जाती है अपने यार के पास।

[बाहर जाती है। कोटा अन्दर झाँकता है। कोटा भेस बदले हुए है। कस्तूर इसे देखकर डर जाता है।]

कस्तूर : कौन? *(पहचानते हुए)* मैं डर गया था महाराज।

कोटा : तेरी माँ उठ गई?

कस्तूर : अभी ज़रा वहीं ठहरिए कोटा महाराज। माँ ने पता लगाया है लंकर और उसके भाइयों और सब साथियों के अड्डे का। वो चुड़ैल फिर निकल गई।
माँ उसी को लाने गई है। आती ही होगी।

[कस्तूर की माँ आरवल को लेकर वापस आती है।]

माँ : हरामज़ादी, बस सुबह हुई नहीं कि निकल गई। मुँहअँधेरे हर रोज़ न जाने अपने कौन-से यार के पास चली जाती है। *(आरवल ख़ामोश है)* आय हाय कैसी मासूम बनकर बैठी है जैसे कुछ जानती ही नहीं बेचारी। पकाना, राँधना कौन करेगा तेरी सास!

आरवल : मैं सब काम निपटा चुकी हूँ।

माँ : बन्द कर ज़बान। मुँहज़िर कहीं की। मेरा बेटा इसके ग़म में सूखकर काँटा हो रहा है। इसके पास फटकती तक नहीं। अरी क्या वह कोई अछूत है, या कोई भूत-प्रेत है जो तुझे खा जाएगा।

कस्तूर : माँ मैं ख़ुद ही इसकी सूरत देखना नहीं चाहता। मैं तो कहता हूँ इसको अपने मायके भेज दो, मुझे नहीं चाहिए लुगाई।

माँ : और घर का काम-काज कौन करेगा, तेरी माँ? दुनिया भर का निखट्टू। दिन भर घर में पड़ा ऐंड़ता रहता है। माँ चक्की की तरह पिसती रहे।

[आरवल ख़ामोश है। दाल चुनने में लग जाती है। कस्तूर गुड़गुड़ी पी रहा है।]

कस्तूर : माँ! *(माँ को इशारे से बुलाता है और उसके कान में कुछ कहता है। माँ उधर जाती है, जहाँ से कोटा ने झाँका था। कोटा फिर झाँकता है। आरवल यकायक चौंक उठती है और पलटकर देखती है। कोटा पीछे हट जाता है।)*

माँ : दाल चुन रही है कि सपने देख रही है। चल उठ वहाँ से। रसोई से बर्तन उठा और दूध दुह के ला गैया का।

आरवल : गाय दूध दे चुकी।

माँ : *(मारते हुए)* फिर तूने उलट के जवाब दिया। उठ, चारा डाल के आ गाय को और अगर डाल चुकी है तो और डाल।

[आरवल बाहर जाती है—कस्तूर इशारा करता है, कोटा अन्दर आता है।]

माँ : कोटा महाराज! यह राँड़ रोज सुबह अपने यार लंकर से मिलने जाती है। उसके लिए बाँधकर मेरे घर से खाना ले जाती है। कल मैं इसके पीछे गई और जगह देखकर आई हूँ।

रकम लाए हो तुम कि ऐसे ही चले आए हाथ हिलाते हुए? *(कोटा उसे थैली दिखाता है।)* तो लाओ, इधर दो।

कोटा : तुम सुराग तो बताओ पहले।

माँ : कैसा शक्की आदमी है। मुझे कोई बेईमान समझ रखा है।

कस्तूर : माँ, वह आ रही है।

[आरवल एकदम अन्दर आ जाती है और कोटा को टकटकी बाँधकर देखती है।]

माँ : सड़ा मुँह क्या बना रही है? क्या घर में तेरे लिए कोई काम नहीं। *(वक़्फ़ा)*

कस्तूर : इतनी जल्दी कैसे लौट आई तू? *(वक़्फ़ा)* गाय को चारा डाल दिया? *(वक़्फ़ा)*

माँ : अरी, क्या मुँह में गुनगुनियाँ डाल रखी है, जवाब क्यों नहीं देती?

कस्तूर : माँ, ये औरत मुझे सचमुच चुड़ैल मालूम होती है। इसे निकालो घर से।

आरवल : *(कोटा से)* मैंने तुम्हें पहले कहीं देखा है।

माँ : बेहया है तभी देखा है। शर्म नहीं आती, ढीठ कहीं की। चल हट वहाँ से।

आरवल : *(कोटा से)* तुम यहाँ किसलिए आए हो?

माँ : तुझसे मिलने के लिए आए हैं ये *(मुँह चिढ़ाती हुई)* तुम यहाँ किसलिए आए हो। तेरे बाप का घर है। हम जिसको चाहेंगे घर में बुलाएँगे तू कौन होती है टोकने वाली?

आरवल : *(कोटा से)* यहाँ से निकल जाओ।

माँ : वह क्यों निकले हरामज़ादी। तू निकल मेरे घर से इसी वक़्त—चल निकल। मैं जानती हूँ तेरी करतूत अपने यार के ऊपर मेरा घर लुटा रही है। मैं जानती हूँ रोज़ सुबह तू कहाँ जाती है और क्या करती है।

आरवल : लंकर! लंकर! लंकर! *(चीख़ती हुई भाग जाती है)*

माँ : लाओ जी वह थैली मुझे दो और चलो मेरे साथ में, मैं बताती हूँ कहाँ छिपा है इसका यार। चलो जल्दी करो और इस छोकरी को भी पकड़ो।

[थैली कोटा से लेती है और इसके साथ बाहर जाती है।]

कथाकार : आख़िर इस धन की लोभी बुढ़िया पर रिश्वत काम आई। इसने बढ़कर राजा के हरकारों को सब पते बताए। पहाड़, झोंपड़, जंगल में एक-एक करके धर लिये गए। राजा के दरबार में लाए गए चारों भाई नगराय।

तीसरा दृश्य

पालस नगर का महल

चोबदार : राजाओं के राजा महाराजा चम्बा!

[चम्बा कुछ उमरावों के साथ तेज़ी से दाख़िल होता है।]

चम्बा : मैं इन पुराने बाग़ियों की सूरत देखना चाहता हूँ। सामने लाओ। *(रोतांग से)* रोतांग तुम क्या ख़बर लाए?

रोतांग : शुमाली सरहद से पंजल का एक डाकू रूल्ज़ू राजधानी की तरफ़ बढ़ रहा है और जनूब की तरफ़ मलख़ देश की ताक़त बढ़ती जा रही है। हमारी सरहद तक इसकी आबादी फैल गई है और अब वहाँ इसकी फ़ौजें भी रहने लगी हैं।

चम्बा : बहुत ख़ूब। तुम्हारी ख़बरदारी की दाद देनी चाहिए। सिपहसालार हो तो ऐसा हो। हाँ, आगे इनमें लंकर कौन है? *(वक़्फ़े के बाद पुकारकर)* लंकर नगराय!

कोटा : *(वक़्फ़े के बाद)* यह रहा महाराज।

चम्बा : नगराय ख़ानदान के कितने लोग इस मुल्क में बसते हैं?

चक : अनगिनत।

कोटा : बस यही चार भाई हैं हुजूर।

चम्बा : तुम जानते हो मैं तुम्हें फाँसी की सज़ा क्यों देना चाहता हूँ?

चक : इसलिए की तुम कायर हो।

चम्बा : तुम्हारा क्या नाम है?

चक : चक नगराय।

चम्बा : क्या तुम सबसे छोटे भाई हो?

चक : जी।

चम्बा : तुम्हारा पाँव हमेशा से ख़राब है? *(ख़ामोशी)* इस पर यह ज़ोहम? मैं तुम्हें इसलिए फ़ना कर देना चाहता हूँ कि तुम एक डाकू के हाथों मरने की ज़हमत से बच जाओ। *(भाई हँसते हैं)* तुम लोग शाही ख़ानदान के हो, तुम्हें सिर्फ़ एक बादशाह सूली पर लटका सकता है रूल्ज़ू जैसा एक उठाईगीर नहीं।

[यकायक शोर होता है—भगदड़-सी मच जाती है।]

कोटा : रूल्ज़ू ने महल पर धावा बोल दिया है। चारों तरफ़ उसके आदमी घुस आए हैं। पहरेदार सब मार दिये गए हैं।

चम्बा : हैं!

रोतांग : वही डाकू जिसका मैंने अभी ज़िक्र किया था।

चम्बा : तुम चुप रहो। कोई जाए फ़ौरन महल का चोर दरवाज़ा खुलवाए।

रोतांग : मैं जाता हूँ।

चम्बा : तुम यहीं रहो—तुम लंकर नगराय और इसके भाइयों...

रोतांग : छोड़िए इन्हें। आइए बस अब चलें—नैला!

[भगदड़-सी मच जाती है—कुछ सिपाही अन्दर भागकर आते हैं नैला दरबार में आती है।]

चम्बा : नैला।

नैला : बाबा।

चम्बा : आओ बेटी जल्दी करो।

नैला : रोतांग।

चम्बा : रोतांग आ जाएगा—तुम यह चिराग सँभालो, जल्दी करो।

नैला : आप?

रोतांग : मैं बस आता हूँ, तुम चलो। *(रोतांग के इशारे पर सिपाही लंकर और उसके भाइयों को बाहर खींचकर ले जाते हैं।)*

चम्बा : नैला।

नैला : जी बाबा।

चम्बा : आगे बढ़ो बेटी। *(कोटा भागकर आता है)*

कोटा : पालस के बहादुर सिपहसालार लड़ाई में काम आए।

चम्बा : कौन! रोतांग? बहादुर सिपहसालार! बेवकूफ़!

[चक भागकर आता है।]

नैला : बाबा। बस चलिए। निकल चलें।

[चम्बा, नैला, कोटा और कुछ सिपाही चोर दरवाज़े से निकल जाते हैं।]

लोलाव : *(बाहर से)* चक कहाँ जा रहे हो?

[चक बाहर चला जाता है। दूसरी तरफ़ से लंकर आता है उसके पीछे लोलाव है।]

लंकर : इधर से आ जाओ मेरे पीछे। *(लंकर निकल जाता है)*

दौलत : *(बाहर से)* चक गिरफ़्तार हो गया।

लोलाव : *(बाहर जाते हुए)* आओ उसे...अबे!

दौलत : लोलाव!

लोलाव : ठीक है-ठीक है।

[दौलत, लोलाव और चक अन्दर जाते हैं। लोलाव के बाजू पर ज़ख़्म है। रूल्ज़ू अपने आदमियों के साथ अन्दर आता है। तीनों भाई गिरफ़्तार कर लिये जाते हैं।]

रूल्ज़ू : हाँ! अच्छा—तो यहाँ हैं हमारे क़ैदी। हम आज से यहाँ के बादशाह हैं। तख़्त कहाँ है इस मुल्क का? अच्छा, यह रहा। लो यह हम बैठ गए। सब झुककर सलाम करो। इनको क्या हुआ है? कौन हैं ये तीन लोग? तुम्हारा नाम?

चक : चक नगराय।

रूल्ज़ू : और तुम्हारा?

चक : इनका नाम लोलाव नगराय और इनका दौलत नगराय। इनमें सबसे बड़े भाई का नाम है...

रूल्ज़ू : लंकर नगराय।

चक : उन्हें तुम न पकड़ सकोगे।

रूल्ज़ू : उसके पीछे हमारे आदमी गए हैं—क्यों? गए हैं न?

एक आदमी : वह आदमी हमल ताल में कूदकर मर गया।

दौलत : क्या?

रूल्ज़ू : उसकी लाश पेश की जाए।

वही आदमी : कश्तियों में अपने आदमी उसे तलाश करने निकल गए हैं। ज़िन्दा या मुर्दा वह इसी झील में मिलेगा। ज़रा बादल छँट जाएँ।

रूल्ज़ू : चानना निकले तो सुबह तक उसे तलाश करो।

दूसरा आदमी : इस झील में कश्ती चलाना भी तो आसान नहीं। बेलों और दलदल से भरी पड़ी हैं-सैकड़ों कँवल एक-एक कतरे में मिलेंगे।

रूल्ज़ू : जानते हो मैं कौन हूँ?

चक : डाकू।

रूल्ज़ू : हाँ। डाकू रूल्ज़ू। देखो इन तीनों को पाँच मिनट के लिए लटका दो। अच्छा देखो इन्हें अभी मत मारो। शायद काम आएँ। यहाँ कोई क़ैदख़ाना तो होगा। ज़रा पता लगाओ कहाँ है। वहाँ डाल दो इन्हें। ये ख़ानदानी लोग हैं—ज़रा सोचकर इनके साथ बर्ताव करना। हाँ-हाँ पंजल तक हमने तुम्हारे भाई लंकर नगराय का नाम सुना है। इसके नाम और कारनामों के तो गीत बन गए हैं। इसी तरह मेरे नाम के भी गीत बनेंगे। यहाँ का राज मिला? यह कौन है? तुम्हारा नाम?

एक क़ैदी : यह मर गया है—राजा चम्बा का दामाद था।

रूल्ज़ू : इसकी बीवी कहाँ है?

सिपाही : राजा के साथ भाग गई है।

रूल्ज़ू : राजा भाग गया। बस तो पीछा मत करो। क्या फ़ायदा? मुल्क तो हमें सौंप गया ग़रीब। इसकी बीवी की हमने बहुत तारीफ़ सुनी थी। वह भी ज़रूर भाग गई होगी। बस ये मुल्क आज से हमारा।

पहला : किसी काम का नहीं यह मुल्क। महल में अनाज बस कुछ दिनों का है,घोड़े गिनती के हैं और वे भी हफ़्तों से भूखे नज़र आते हैं।

रूल्ज़ू : महल का अनाज ख़त्म कर देने की ज़िम्मेदारी हमारी। तुम लोग देहातों में चले जाओ और हर घर को अपना घर समझकर मौज करो। बस अब मेरी निगाहों से हट जाओ कुत्तो!

चौथा दृश्य

त्रहगाम की वादी

[कथाकार आता है]

कथाकार : खड़ा तैरता रहा झील में लंकर जैसे एक कँवल
जैसे बादल सीप के अन्दर एक मोती बन के छिप जाए
फूलों का एक ताज पहनकर छिपा रहा गुलज़ारों में
सारी रात उठे तीरों के बादल और सर पे लहराए
भोर हुई तो दूर-दूर तक कहीं न था लंका नगराय
झील से निकल गया था जैसे फूलों से ख़ुशबू उड़ जाए।

[कथाकार जाता है]

[त्रहगाम की वादी—दो किसान बैठे हैं। सिन्धु इधर से गुज़रता है।]

सिन्धु : आरवल को तूने कहीं देखा है माधो?

माधो : सुबह ही देखा था।

सिन्धु : कहाँ?

माधो : इस पहाड़ी पर जाते देखा था।

धर्मू : क्या बात है सिन्धु?

सिन्धु : कुछ नहीं। तुम लोग कैसे बैठे हो?

माधो : और क्या करें? न पेट में अनाज न मंडी में, न खेत में।

सिन्धु : दोष किसका है?अच्छा मैं चलूँ। *(जाता है)*

धर्मू : मैंने सुना है आरवल को कस्तूर ने घर से निकाल दिया। क्या यह सच है?

माधो : कस्तूर ने नहीं निकाला वह ख़ुद से ही भाग आई। जिस दिन उसकी सास ने लंकर और उसके भाइयों को चम्बा के हवाले किया—बस वह उस दिन से भाग आई।

धर्मू : सिन्धु मूर्ख है, बैठे-बिठाए एक नामर्द से जवान लड़की की शादी कर दी। *(सिन्धु वापस जाता है)*

सिन्धु : माधो, आरवल के साथ और कौन था?

माधो : अगर कोई था तो मैंने नहीं देखा।

सिन्धु : लोग कह रहे हैं आरवल के साथ लंकर था।

माधो : होगा।

सिन्धु : सारे गाँव में जो ख़बर उड़ गई थी कि लंकर हमल ताल में कूदकर मर गया, मैंने सुना है वह झूठ है?

धर्मू : बिलकुल झूठ। लंकर कँवल के फूलों से सर को छिपाए रात भर झील में खड़ा तैरता रहा और उसके पास दुश्मन की किश्तियाँ मँडराती रहीं। सुबह होने से पहले-पहले वह झील से निकल गया।

सिन्धु : क्या तुम लोग लंकर के इन्तज़ार में बैठे हो?

माधो : शायद।

सिन्धु : *(वक़्फ़ा के बाद)* मैं लंकर को बच के नहीं जाने दूँगा। अपने आदमियों से पहाड़ी को चारों तरफ़ से घेर लूँगा।

धर्मू : तो फिर जाओ यहाँ क्यों खड़े हो?

सिन्धु : तुम लोगों को झगड़ा-फसाद पसन्द है। मैं जितना झगड़ों से दूर भागता हूँ उतना ही तुम लोग मुझे छेड़ते रहे हो।

माधो : इस वक़्त हम तुम्हें छेड़ रहे हैं या तुम?

सिन्धु : आज सुबह से दो-तीन-चार बार मैंने रामदास को अपने घर के आसपास मँडराते देखा है—आख़िर क्यों? मैंने तुम लोगों से पहले ही कह दिया कि मेरे घर में ग़ल्ला बिलकुल नहीं है, फिर भी तुम लोग मेरा पीछा क्यों नहीं छोड़ते?

धर्मू : अगर तुम्हारे घर में ग़ल्ला नहीं है तो फिर तुम्हें किस बात का डर?

सिन्धु : तुम कह रहे हो किस बात का डर? तुम्हारे आदमी मासूम किसानों का ग़ल्ला लूटते फिर रहे हैं। किसी को मारते हैं,

किसी की दुकान जला देते हैं। एक तरफ़ रूल्ज़ू के आदमी लूटपाट में लगे हैं, दूसरी तरफ़ तुम्हारे—और फिर तुम मुझ ही से कह रहे हो किस बात का डर?

धर्मू : न हम लोग तुम्हें मारेंगे न तुम्हारा घर जलाएँगे। हाँ ग़ल्ला हिसाब से माँग रहे हैं—तुमसे भी माँगा—तुम ख़ुद नहीं दोगे तो हमें कोई और तरकीब सोचनी पड़ेगी।

माधो : धर्मू!

धर्मू : अगर ग़ल्ला तुम्हारे पास नहीं है तो हम ले ही क्या सकते हैं?

सिन्धु : अच्छा मैं समझ गया, मैं सब कुछ समझ गया।

धर्मू : तुम कुछ नहीं समझे। समझ जाते तो यह नौबत ही नहीं आती। अब भी समझ जाओ तो काम बन जाए। लेकिन तुम हो बहुत मूर्ख।

[लंकर भेस बदले अहदू और रामदास के साथ आता है]

सिन्धु : तुम लोग जो किसानों से कह रहे हो कि खेतों को जला दो और फ़सलों को आग लगा रहे हो, यह तुम्हारी बुद्धिमानी है।

[लंकर को देखकर]

लंकर?

लंकर : हाँ सिन्धु—तुम मुझे पहचान गए।

सिन्धु : मैं तुमसे कह देता हूँ लंकर तुम रामदास और धर्मू को जरा समझाओ।

लंकर : बैठो सिन्धु बैठो। देखो यह हमें मालूम है कि तुम्हारा गोदाम ग़ल्ला से भरा पड़ा है।

सिन्धु : झूठ! मैं इस लड़की का सर फोड़ दूँगा।

लंकर : नहीं, आरवल से न मैंने यह बात पूछी और न इसने कुछ कहा। तुम्हारे घर का हाल गाँव में किसे नहीं मालूम?

सिन्धु : मेरे घर से तुम्हें क्या लेना-देना?

लंकर : ख़ैर यह छोड़ो—तुम्हारे घर से मुझे बहुत कुछ लेना-देना है। लेकिन इसके बारे में बातें तुमसे और मुझसे होंगी। इस वक़्त मैं तुम्हें सिर्फ़ यह समझाना चाहता हूँ कि हम लोग खेतों में क्यों आग लगा रहे हैं।

सिन्धु : शायद इसलिए कि जली हुई फ़सलों की ख़ाक़ से खाद भी बनेगी और दूसरी फ़सल और भी ज़्यादा अच्छी होगी।

लंकर : यह भी तुम ग़लत नहीं कह रहे हो। लेकिन इतना तुम नहीं समझ रहे हो कि दूसरी फ़सल का इन्तज़ार रूल्ज़ू नहीं कर सकेगा। उसे बस इसी फ़सल से मतलब है। इसी से उसे कुछ न मिला तो वह अपनी राह लेगा।

सिन्धु : लुटेरे इतने शरीफ होते तो डकैती अपना पेशा न बनाते।

लंकर : उसे शराफ़त सिखाने के लिए हम ही तो हैं। हम ख़ामोश तो नहीं बैठेंगे।

सिन्धु : उस वक़्त तक हम सब ज़िन्दा रहे तो!

लंकर : तुम जैसे लोग हमारी मदद करेंगे तो ज़िन्दा भी मर सकते हैं। उस वक़्त भी मदद करने वालों की कमी नहीं। आगे चलकर तुम भी हमारी मदद करोगे। आज न सही कल सही। एक लिहाज़ से तुम वही कर रहे हो, जो हम कर रहे हैं। फ़र्क़ सिर्फ़ यह है कि तुम सिर्फ़ अपना और अपने परिवार के पेट का ख़याल करके घर में ग़ल्ला जमा कर रहे हो और हम वही ग़ल्ला सबके लिए जमा करने में लगे हैं। तुम इस पर जरा विचार करो। हम तुमसे ग़ल्ला माँग रहे हैं तो तुम्हारा पेट भरने की ज़िम्मेदारी भी ले रहे हैं, हाँ जो मुनाफ़ा तुम्हें चाहिए उसकी ज़िम्मेदारी हम न लेंगे। क्योंकि हमें सबका ख़याल रखना है। तुम इतना अनाज रखकर भला क्या करोगे।

सिन्धु : ख़ैर छोड़िए इस बहस को।

लंकर : अभी तो मैंने रामदास को समझा दिया है कि ज़बरदस्ती हम किसी के साथ नहीं करेंगे। तुमसे एक बार कहा, बार-बार यही कहेंगे कि ग़ल्ला कॉपरेटिव में डाल दो लेकिन फिर भी तुम नहीं मानोगे तो इतना याद रखो कि आगे चलकर हालात बहुत नाजुक सूरत अख़्तियार करने वाले हैं। भूखी जनता को बहुत दिनों तक काबू में रखना बहुत मुश्किल काम है। फिर तुम ये न कहना कि मैंने तुम्हें जताया नहीं।

सिन्धु : मैं भी आपसे कुछ कहना चाहता हूँ लेकिन किसी और वक़्त।

रामदास : मैं तो अब भी यही कहूँगा लंकर कि ये बातों से रास्ते पर आने वाले असामी नहीं हैं।

लंकर : रामदास हमें बातों ही से कम लेना है। ज़बरदस्ती हम सिर्फ़ रूल्ज़ू के साथ करेंगे और ये लोग जो आज हमारे साथ नहीं हैं, कल हमारा साथ देने पर मजबूर होंगे। साथ नहीं देंगे तो जाएँगे कहाँ। हमें सबको साथ रखना है।

[आरवल आती है]

सिन्धु : आरवल! तू कहाँ से आ रही है?

आरवल : घर से।

सिन्धु : घर से तो सुबह से ग़ायब थी। कहाँ रही बता? *(वक़्फ़ा)*

लंकर : आरवल मेरे साथ थी।

आरवल : सुन लिया।

सिन्धु : चल उठ घर चल मेरे साथ।

आरवल : अभी मुझे यहाँ जरा काम है।

सिन्धु : लंकर।

लंकर : हाँ, ठीक है सिन्धु। आरवल अभी कुछ देर हम लोगों के साथ रहेगी। *(वक़्फ़ा)* तुम फ़िक्र न करो। मैं ख़ुद इसे तुम्हारे घर तक पहुँचा दूँगा।

सिन्धु : कोई ज़रूरत नहीं। मैं भी यहीं बैठा हूँ। *(वक़्फ़ा)*

रामदास : तुमसे बात हो चुकी।

लंकर : रहने दो रामदास। सुनो सिन्धु तुमने कुछ नये लोग इस गाँव में देखे होंगे। ये पालस नगर के आसपास के देहातों के लोग भी जो अपने खेत जला कर पीछे हट गए हैं।

रामदास : मुझे अच्छी तरह मालूम है।

लंकर : इसी तरह त्रहगाम के लोग भी कुछ दिनों में अपने खेत जलाकर और जो कुछ ग़ल्ला उनके हाथ आता है वह सब लेकर पीछे हट जाएँगे। तुम्हारे लिए अकेले इस गाँव में रहना मुनासिब न होगा। मेरी यही राय है कि तुम भी अपने खेत जला दो और जो कुछ ग़ल्ला तुम्हारे घर में है वह लेकर दूसरे लोगों के साथ गाँव से निकल जाओ।

धर्मू : ग़ल्ला लेकर नहीं हमें देकर।

लंकर : ख़ामोश रहो धर्मू! समझे सिन्धु? हम यही बात सोचने के लिए इकट्ठे हुए हैं। अनकरीव हम अपने आदमी लेकर पालस नगर पर धावा बोल देंगे। अब तुम मेरी बातों पर ज़रा ठंडे दिल से विचार करो।

कथाकार : लगा लूटने रूल्ज़ू डाकू धरती और किसानों को
और किसान उठते ही रहे एक लंकर का परचम लहराए
लूट लिया खेतों का जोवन चारों ओर डकैतों ने
क़हत के साये झोंपड़ियों से लपके और महल तक आए।

पाँचवाँ दृश्य

पालस नगर का शाही क़ैदख़ाना

चक : दौलत!

दौलत : अरे! तुम्हारा पाँव बहुत फूल गया है चक।

चक : आहे! छोड़ो इसे—रूल्ज़ू यहाँ से कब जाएगा?

दौलत : बस अब जाने वाला है।

लोलाव : उस वक़्त तक हम भूख से मर जाएँगे।

दौलत : भूखे पहले भी रह चुके हैं।

लोलाव : भूख से बच गए तो शरमना की बर्फ़ से मर जाएँगे।

दौलत : क़ैदख़ाने की फ़िज़ा वैसे ही बहुत उदास है लोलाव। तुम ऐसी बातें न करो। रूल्ज़ू आज ही कल में मलख़ की तरफ़ निकल जाएगा। यहाँ के रास्ते वह नहीं जानता। और सिवाय हमारे कोई यहाँ रास्ता बताने वाला है नहीं। हम वही करेंगे जिसका हम सब ने फ़ैसला किया है। यानी इसे लम्बे रास्ते से ले जाएँगे। जाड़ों की बर्फ़ में शरमना की बाईस हज़ार फुट की बुलंदियों पर वह ज़िन्दा नहीं रह सकता।

लोलाव : और न हम ज़िन्दा, रहेंगे।

चक : हम वैसे भी भूख से मरे जा रहे हैं या अगर गुलाफताव के रास्ते से गए तो मलख़ की सरहद पर मार दिए जाएँगे।

लोलाव : लंकर इतनी देर क्यों कर रहा है—आख़िर कब हमला करेगा?

दौलत : देखते हैं।

लोलाव : किसान भी तो आख़िर सब भूखे हैं। भूखे मुजाहिद क्या ख़ाक लड़ेंगे।

दौलत : भूखे तो यहाँ के सिपाही भी हैं। क़ैदख़ाने के सन्तरी तक भूखे हैं। मगर भूखा ख़ूब लड़ता है।

चक : सन्तरी आ रहा है—देखें क्या ख़बर लाता है।

सन्तरी : हमला आज ही होगा—लंकर के तमाम आदमी शहर के बाहर जमा होने वाले हैं।

लोलाव : लंकर आज आ रहा है? वाह-वाह। यह ख़बर किसी और को तो नहीं मालूम?

सन्तरी : बस सिर्फ़ मुझको मालूम है। पैग़ाम पाते ही मैं जी उठा। मुझे यक़ीन था कि मैं आज मर जाऊँगा। एक बार फिर बच गया। मैं सारी ज़िन्दगी भूखा रहा हूँ। अब इस बुढ़ापे में भूख बर्दाश्त नहीं होती। बस आज ख़ूब खाऊँगा। चावल और करम का साग। ज़िन्दाबाद लंकर नगराय।

[क़दमों की आवाज़—एक-दो आदमी आते हैं—इनके पीछे रूल्ज़ू है।]

चक : कोई आ रहा है—मैं अपनी जगह पर... *(वक़्फ़ा)*

रूल्ज़ू : अभी ये ज़िन्दा है—ठीक है—तुम्हारा पाँव इस क़दर फूला हुआ है—चलोगे कैसे *(वक़्फ़ा)* ख़ैर, तो तुम्हें छोड़ देंगे। यह दूसरा रास्ता दिखाने के लिए बहुत हैं। क्या नाम है तुम्हारा? नाम क्या है?

लोलाव : लोलाव।

रूल्ज़ू : और तुम्हारा? हाँ-हाँ तुम्हारा नाम दौलत है। सुना है आज तुम्हारा भाई लंकर महल पर हमला करने वाला है। चुनाँचे हमने फ़ैसला किया है कि आज ही मलख़ रवाना हो जाएँ। *(भाई कुछ जुजवुज होते हैं)* गड़बड़ न करो। ये सारे आदमी तुम्हारी मदद के लिए यहाँ हैं कि तुम्हें मरने से रोकें। बस अब उठो। मलख़ पहुँचकर तुम्हें खाना दिया जाएगा। मेरे पास बस एक आदमी की हफ़्ते भर की रसद है। रास्ता कितने दिन का है?

चक : चार-पाँच दिन का रास्ता है। जितना तेज़ मैं चलता हूँ उस रफ़्तार से चलोगे तो चार दिन का रास्ता है।

रूल्ज़ू : इस पैर से चलोगे?

चक : देख लो।

रूल्ज़ू : तुम्हें यहीं खटका कर जाएँगे।

चक : कायर!

दौलत : चक।

चक : क्या है—मैं आप लोगों के साथ रहूँगा।

लोलांव : मैं रुक जाता हूँ—काश मैं रुक सकता।

रूल्ज़ू : चलो इन सबको निकालो यहाँ से। सब साथ जाएँगे। पाँव की ज़ंजीरें खोल दो और अपने बीच में रखो—उठो अब।

दौलत : आपने अच्छी तरह सोच लिया है।

रूल्ज़ू : सोच लिया है—चलो! जल्दी करो, वक़्त नहीं है।

दौलत : और अगर शहर के बाहर पहुँचते ही हमला हो गया तब क्या होगा?

रूल्ज़ू : इससे तुम्हें क्या मतलब। वह हम देख लेंगे।

चक : तुम मुक़ाबला करने से घबराते हो।

रूल्ज़ू : मैं हिमाकतों से डरता हूँ। इस वक़्त हिमाकत करने पर मुझे कोई मजबूर नहीं कर सकता। अगर मुक़ाबला किया तो जीतूँगा ज़रूर पर खाऊँगा क्या? चलो बे! खड़े क्यों हो?

दौलत : मगर इतना सोचिए कि आपके आदमी इतने भूखे हैं कि हिल नहीं सकते। हमसे भी क्या ख़ाक चला जाएगा। कहीं रास्ते ही में...

रूल्ज़ू : तुम लोग अब तक खड़े हो, इनकी बातों में न आओ। अब वक़्त नहीं है। जल्दी करो—कहाँ है यहाँ का चोर दरवाज़ा? यह रहा—खींचो—ज़ोर से खींचो—हाँ—लो—अब *(ज़ोर लगाता है)* रूल्ज़ू डाकू ज़िन्दाबाद। ये—इन लोगों को आगे करो—खड़ा क्या है बे। *(सब चले जाते हैं—सन्तरी लालटेन लिये आहिस्ता से आता है)*

[शोर—लंकर, अहदू और बहुत से किसान अन्दर आते हैं।]

लंकर : लोलाव।

अहदू : चले गए।

लंकर : *(आते हुए)* चले गए वे लोग। अहदू, जाओ पीछा करो। गुलाफताब के रास्ते पर जाओ। अभी वे लोग ज़्यादा दूर न गए होंगे *(किसान जाते हैं—बाहर से लंकर नगराय ज़िन्दाबाद का शोर सुनाई देता है)*

अहदू : बाहर सारा भूखा शहर आपको ताजपोशी की मुबारकबाद देने के लिए जमा हो गया है। आप जाइए इन्हें दिलासा दीजिए।

[अहदू एक तरफ़ और लंकर दूसरी तरफ़ चले जाते हैं—और इसके पीछे सारे किसान सिर्फ़ एक आदमी की लाश देखकर ठिठक जाते हैं।]

सन्तरी : *(आँखें खोलता है)* कौन आया—सलाम करता हूँ—सलाम करता...

[मर जाता है]

कथाकार : आठ पीढ़ियों बाद हुआ फिर पालस देश पर राज, ऐसा राज कि प्रजा ने दिन में सौ बार इसके गुण गाए। उठा दिये लंकर नगराय ने सब भारी-भारी महसूल, नई फ़ौज बनाई, इन्हीं फ़ौजों से सारे खेत बुवाए। बहुत अनाज दबा था मालगुजारों के गोदामों में। इसी अनाज से शहर-शहर और गाँव-गाँव लंगर खुलवाए। मिटी भूख और बीमारी, गए देश से सब दुख दूर। प्रजा सोच रही थी राजा हम हैं या लंकर नगराय?

छठा दृश्य

त्रहगाम की वादी

धर्मू : जाने लंकर के भाइयों का क्या हुआ? मलख़ पहुँचे भी या नहीं? अपने आदमी तो गुलाफताब तक पीछा करके लौट आए। मालूम हुआ वे किसी और रास्ते निकल गए।

अहदू : कहाँ जा रही हो आरवल?

आरवल : कहीं नहीं।

अहदू : सिन्धु कहाँ है?

आरवल : घर ही में है—अरे लंकर तुम? इस भेस में—हाथ हटाओ मुँह से।

माधो : लंकर?

सब : लंकर नगराय—लंकर नगराय—लंकर नगराय।

धर्मू : हमारे बीच में बैठे चुपचाप बातें सुनते रहते हो और ऐसे भेस में कि कोई पहचान ही न सके।

लंकर : आरवल ने पहचान लिया।

माधो : जाने कैसे पहचान लिया। कैसे पहचान लिया आरवल?

आरवल : आँखों से—दुनिया में किसी की दो आँखों का यह रंग नहीं।

लंकर : सुनो आरवल—ज़रा इधर आओ मेरे साथ एक तरफ़। मैं सिन्धु से शादी की बात करने आया हूँ—मुझे बहुत डर लग रहा है कहीं वह इनकार न कर दे।

आरवल : सच लंकर—सच—सच कह रहे हो—बिलकुल सच।

लंकर : देखना, कहीं वह मुझे पहचान तो न लेगा।

आरवल : सच बताओ।

लंकर : मैं नहीं चाहता कि वह मुझे बादशाह समझकर लड़की दे।

आरवल : मेरी क़सम खाकर कहो।

लंकर : मैं उससे कहना चाहता हूँ कि मैं पालस नगर का एक सौदागर हूँ। लेकिन मैं अपनी जात नहीं छिपाऊँगा—तुम्हारे ख़याल से...

आरवल : यह तुम सच कह रहे हो—बिलकुल सच?

माधो : क्या बात है—यह तू सच-सच क्या कहे जा रही है आरवल? क्या शादी की बात है? *(सब हँसते हैं)*

लंकर : हाँ।

सब : सच? लंकर-आरवल ज़िन्दाबाद! लंकर-आरवल ज़िन्दाबाद! लंकर-आरवल ज़िन्दाबाद।

[सिन्धु घर से निकल आता है]

सिन्धु : क्या बात है?

माधो : आगे बढ़ो लंकर।

सिन्धु : लंकर! महाराज!

अहदू : तुम शरमाते हो, तो हम कह दें? लंकर तुमसे आरवल की बात करने आए हैं।

सिन्धु : पर आरवल का ब्याह तो एक बार हो चुका है।

लंकर : कोई हर्ज नहीं। हमें इस मुल्क के कुछ कबानीन बदल देने चाहिए सिन्धु और आख़िर अब मैं...

माधो : बादशाह हूँ।

[क़हक़हों का शोर जो यकायक बढ़ता जाता है—दौलत लोलाव को पीठ पर लादे दाख़िल होता है।]

लंकर : ये कौन? दौलत! अरे दौलत!

दौलत : लोलाव को मेरी पीठ से उतारिए।

लोलाव : आहिस्ता।

दौलत : उफ़—पीठ रह गई—एक बूँद पानी—पहले लोलाव को—नहीं इसे ज़्यादा न पिलाना—बस सौ क़दम इसे पीठ पर लादे और चलता तो मैं गिर पड़ता।

लंकर : चक तुम्हारे साथ नज़र नहीं आता।

दौलत : बहुत ख़ूबसूरत मुल्क है मलख़—रूल्ज़ू मर गया—शमरना की बर्फ़ में हमारा बुरा हाल था, लेकिन रूल्ज़ू हँस रहा था। शमरना पार करने के बाद जब मलख़ की सरहद नज़र आने लगी तो हम सब दूर एक रोशनी देखकर बेतहाशा दौड़े। आग और ग़िज़ा की उम्मीद ने मुरदों में जान डाल दी थी। बस हम तीन भाई थे। रूल्ज़ू था और उसके दो आदमी थे। बाक़ी सब ढेर हो गए थे। कुछ शरमना के दर्रे पर—रूल्ज़ू सरहद तक न पहुँच सका और रास्ते में यकायक गिरकर मर गया। चक बहुत आहिस्ता-आहिस्ता चल रहा था। हम उसे छोड़कर भागे। बाद में चक भी इसी मलख़ी के घर पहुँचा जहाँ हम आग ताप कर खाना खा रहे थे। इसके बाद...

(वक़्फ़ा) चक खाना खाते ही—*(वक़्फ़ा)* चक गिर गया। *(वक़्फ़ा)*

लोलाव : हम गुलाफताब की तरफ़ से लौटे हैं। *(वक़्फ़ा)*

दौलत : बहुत ख़ूबसूरत मुल्क है मलख़। *(वक़्फ़ा)*

लंकर : मलख़।

दूसरा अंक

[बहुत बड़ा यह मलख़ देश था जिस पर था थ्योरेस का राज।

इस देश में राजा चम्बा अपनी बेटी के साथ आए। सम्राट थ्योरेस के पहले बेटे का करतीस था नाम। चम्बा की बेटी के सब अन्दाज़ बहुत करतीस को भाए।]

पहला दृश्य

मलख़ का महल

[थ्योरेस के महल का एक कमरा—शाम का वक़्त है]

करतीस : नैला।

नैला : कहिए।

करतीस : मुझे करतीस कहो।

नैला : करतीस ही तो आपका नाम है।

करतीस : तुम इतनी खिंची हुई क्यों रहती हो—अपने शौहर का तुम्हें बहुत ग़म है?

नैला : मैं पिछली बातों का मातम नहीं करती।

करतीस : वतन छूट जाने का रंज है?

नैला : वतन वापस भी मिल सकता है।

करतीस : मुझसे नफ़रत है?

नैला : नफ़रत क्यों?

करतीस : मगर मुहब्बत नहीं है—क्यों?

नैला : मैं लफ़्ज़ मुहब्बत को बेमानी समझती हूँ।

करतीस : मेरे वाल्द की तरह।

नैला : क्या सम्राट थ्योरेस भी मुहब्बत को लागू समझते हैं?

करतीस : हाँ—और राजा चम्बा भी।

नैला : बाबा? क्या बाबा से भी आपने मेरे बारे में बातें की हैं।

करतीस : नहीं, बातें तो नहीं की हैं। उनकी सूरत देखकर अन्दाज़ा होता है।

नैला : आप सूरत देखकर मानी मतलब बहुत निकाला करते हैं *(वक़्फ़ा)*

करतीस : तुम्हारे शौहर का क्या नाम था?

नैला : रोतांग—*(वक़्फ़ा)*

करतीस : तुम्हें हमारा मुल्क पसन्द आया?

नैला : मैं मलख़ में ज़िन्दगी नहीं गुज़ार सकती। *(वक़्फ़ा)*

करतीस : हरमूज़ तुम्हें बहुत घूरता रहता है।

नैला : और आप गर्विलीवन हरमूज़ की शक्ल देखते रहते हैं।

करतीस : तुम्हें हरमूज़ अच्छा लगता है?

नैला : मैं अपनी पसन्द बहुत सोच के क़ायम करती हूँ करतीस।

करतीस : करतीस—फिर कहो करतीस—इसी तरह करतीस—कौन? *(पीछे हरमूज़ छिपा बातें सुन रहा था—करतीस की आवाज़ सुनकर एक तरफ़ से चला जाता है)* यह कौन—तुमने देखा हरमूज़ था—एक गोशे में खड़ा हमारी बातें सुन रहा था।

नैला : क्या आप डरते हैं?

करतीस : तुम्हें डर नहीं लगता?

नैला : मैं सम्राट थ्योरेस से भी नहीं डरती।

[पीछे बुलंदी पर से थ्योरेस—हरमूज़, करतीस, नैला सबको देख रहा था—अब वह सामने आता है और इसी वक़्त चोबदार को आवाज़ लगता है]

चोबदार : सम्राट थ्योरेस।

[आवाज़ सुनते ही नैला एक तरफ़ चली जाती है—करतीस सटपटाकर रह जाता है—जाने ही वाला है कि थ्योरेस इससे मुख़ातिब होता है।]

थ्योरेस : करतीस! मैंने तुम्हें मशवरे के लिए बुलवाया था। हरमूज़ के बारे में तुम्हारा क्या ख़याल है?

करतीस : जी! हरमूज़ अच्छा सिपाही है—मैं आपका मतलब...

थ्योरेस : यही मतलब था मेरा—और चम्बा के बारे में?

करतीस : मैं समझा नहीं बाबाजान।

थ्योरेस : चम्बा के बारे में तुम्हारी क्या राय है *(चोबदार से)* चम्बा को यहाँ बुलाओ।

चोबदार : सम्राट थ्योरेस का हुक्म।

करतीस : राजा चम्बा मज़लूम है—मुझे उनसे हमदर्दी है—लेकिन आप किस सिलसिले में...

थ्योरेस : तुम सिलसिले से बात कर रहे हो। मैं सियासी मसायल के बारे में तुमसे गुफ़्तगू कर रहा हूँ।

करतीस : राजा चम्बा सताए हुए हैं। उन्हें उनका मुल्क वापस मिलना चाहिए। और मेरा ख़याल है हरमूज़ इस काम के लिए अच्छे रहेंगे।

चोबदार : राजाओं के राजा महाराज...

थ्योरेस : हाँ-हाँ ठीक है—भेज दो इन्हें अन्दर—चम्बा!

चम्बा : महाराज!

थ्योरेस : थ्योरेस कहो मुझे—तुमसे कहा तो था—तुम्हारी लड़की ज़हीन है—वह बहुत तरक़्क़ी करेगी—वह अच्छे शौहर की मुस्तहक़ है।

चम्बा : नैला बेवा है थ्योरेस।

थ्योरेस : तो क्या हुआ? *(चोबदार से)* नैला से कहो यहाँ आए।

चोबदार : सम्राट थ्योरेस का हुक्म।

चम्बा : थ्योरेस का हुक्म मेरे लिए आकाशवाणी है।

थ्योरेस : मुवालगा आमेज़ बातें न किया करो—आओ बेटी।

नैला : थ्योरेस।

थ्योरेस : चम्बा—पालस की क़िस्मत का फ़ैसला करने का वक़्त आ पहुँचा है। बहुत दिन हुए पालस की ताज़ातरीन ख़बर यह है कि रूल्ज़ू वहाँ से भगा दिया गया और वह मलख़ की सरहद पर पहुँचकर मर गया। *(चोबदार से)* हरमूज़ को भेजो।

चोबदार : सम्राट थ्योरेस का हुक्म।

थ्योरेस : अब वहा लंकर नगराय की हुकूमत क़ायम है और उसके साथ उसके दो भाई हैं—*(चोबदार से)* अन्दर भेज दो हरमूज़ को और बस अब तुम चले जाओ।

हरमूज : हरमूज़ थ्योरेस की ख़िदमत में हाज़िर है।

थ्योरेस : हरमूज़, मैं तुम्हें मलख़ का सफ़ीर बनाकर पालस नगर भेजना चाहता हूँ। चम्बा तुम्हारे साथ होंगे। अपने सिपाहियों को चम्बा के साथ सरहद के पास तरमाज में छोड़कर तुम अकेले पालस नगर बढ़ जाना। गुलाफताब की तरफ़ से जाना। शमरना की तरफ़ से रूल्ज़ू इधर आ रहा था, रास्ते में ही मर गया। लंकर नगराय से मुआहदे की बात करो। तफ़सीलात मुझसे मालूम कर लेना। सिपाही वक़्त पर ज़रूर काम आएँगे। लेकिन कोशिश करना कि ज़रूरत पेश न आए। इस सफ़र में सिर्फ़ रास्तों और मुल्क के लोगों से और वहाँ के हुक्मरानों के तौर-तरीक़ों और मिज़ाज से वाक़िफ़ हो जाओ।

हरमूज़ : थ्योरेस के हुक्म के हर लफ़्ज़ की पाबन्दी होगी।

थ्योरेस : राजा चम्बा तुम्हें पसन्द है न?

हरमूज़ : राजा बहुत नेक, मेरे बुज़ुर्ग...

थ्योरेस : और इनकी लड़की बहुत ज़हीन है। बहुत ख़ामोशतलब और ख़ूबसूरत।

हरमूज़ : जी।

थ्योरेस : अभी ज़रा बैठो करतीस—क्या तुम्हें जल्दी है?

करतीस : जी नहीं—आज सुबह से मेरे सर में दर्द-सा है।

थ्योरेस : बैठ जाओ—नींद की कमी होगी—चम्बा! तुम्हें हमारे सफ़ीर पर कामिल एतमाद है?

चम्बा : आपका इन्तख़ाब और मैं भला।

थ्योरेस : तुम्हें हरमूज़ पसन्द है?

नैला : थ्योरेस।

थ्योरेस : तुम इसे अपनी दामादी में क्यों नहीं ले लेते? *(ख़ामोशी)* कहो!

चम्बा : आपका हुक्म मेरे लिए पत्थर की लकीर है।

नैला : बाबा!

थ्योरेस : क्या तुम्हें मेरा इन्तख़ाब पसन्द नहीं? *(ख़ामोशी)* तुम्हें कोई एतराज़ है? *(ख़ामोशी)* किसी बात से डरती हो?

नैला : मैं किसी बात से नहीं डरती।

थ्योरेस : चैन से बैठे रहो करतीस *(नैला से)* तुम्हें कोई एतराज़ है?

नैला : नहीं।

कथाकार : समय बड़ा गम्भीर था और मिट गया था सब नगरे परिवार।
तीन भाई बच रहे थे, इसमें जो कहलाते थे नगराय
बड़े भाई उन्होंने तख़्त सँभाला सब छोटों को साथ लिया
हुक्म दिया तो सबकी सुनकर पहले लेकर सबकी राय।

दूसरा दृश्य

पालस नगर का महल

दौलत : सरहदों को मज़बूत बनाइए। फ़ौज की तरफ़ ज़्यादा ध्यान दीजिए।

लोलाव : इस देश की एक परम्परा है। हमारे घराने की एक अपनी परम्परा है। क्या हम अपना धर्म भूल जाएँ?

दौलत : जब तक चम्बा मलख़ में हैं, हम मलख़ की तरफ़ दोस्ती का हाथ नहीं बढ़ा सकते।

लंकर : अहदू!

अहदू : दौलत यह नहीं सोच रहा है कि जब तक हम आसपास के मुल्कों से लेन-देन के रिश्ते कायम नहीं करते हम आगे कैसे बढ़ पाएँगे—फ़ौज को भी भला क्या तरक़्क़ी देंगे।

आरवल : इसीलिए मलख़ से दोस्ती कर लेना इस समय ज़रूरी मालूम होता है।

लोलाव : तो चम्बा ही से क्यों न दोस्ती कर ली जाए?

लंकर : फ़ज़ूल बातें न करो लोलाव?

आरवल : लोलाव, इस वक़्त हम किसी से लड़ाई मोल लेने के क़ाबिल नहीं हैं।

लंकर : पहले हम लोग समझौते की शर्तों पर तो ग़ौर कर लें।

चोबदार : मलख़ के हुक्मरान सम्राट थ्योरेस का राजदूत हरमूज़।

लंकर : उन्हें आने दो—हाँ! दौलत!

दौलत : मैं कह चुका।

हरमूज़ : शाह पालस लंकर नगराय की ख़िदमत में थ्योरेस का पैग़ाम लेकर आया हूँ।

लंकर : पैग़ाम सुनाओ।

हरमूज़ : सम्राट ने तहाइफ़ भेजे हैं और कहा है कि रूल्ज़ू जैसे डाकू पहले भी कई बार पंजल की तरफ़ से पालस पर हमलावर

हुए हैं और उसके बाद पालस से नीचे उतरकर मलख़ को लूटते रहे हैं। चुनाँचे सिर्फ़ पालस ही नहीं मलख़ की हुकूमत भी यही चाहती है कि इन डाकुओं से पालस को महफ़ूज़ रखा जाए। इसीलिए ज़रूरी है कि इन दो मुल्कों में आपस में समझौता हो, लेन-देन हो और सुलहनामा कर लिया जाए।

लंकर : पालस की तरफ़ से इन बेनज़ीर तोहफ़ों के लिए सम्राट थ्योरेस और उसके राजदूत का मैं शुक्रिया अदा करता हूँ। पालस के अराकीन सल्तनत भी यही चाहते हैं कि इन दो मुल्कों में तिजारती और मुआशर्ती मुआदे होने चाहिए। समझौते की शर्तों के बारे में सम्राट ने क्या फ़रमाया है?

हरमूज़ : थ्योरेस चाहता है कि हमें एक-दूसरे के मुल्कों में आज़ादी से आमदोरफ़्त की इजाज़त होनी चाहिए और एक-दूसरे की मुआशर्तों से आगाही हासिल करनी चाहिए। इस मंज़िल पर दोनों हुकूमतें अपने-अपने राजदूत एक-दूसरे के मुल्कों में भेज सकती हैं।

लंकर : बहुत माक़ूल तजवीज़ है। मैंने सुना है कि मलख़ बहुत हसीन और तरक़्क़ीयाफ़्ता मुल्क है। मुझे ख़ुद मलख़ देखने का शौक़ है—और कोई बात?

हरमूज़ : सम्राट थ्योरेस ने तिजारती हकूक ही पर सबसे ज़्यादा ज़ोर दिया है लेकिन आगे चलकर आप अगर चाहें तो मलख़ के कुछ फ़ौजी दस्ते वेरुनी हमलावरों के ख़िलाफ़ पालस नगर में रखे जा सकते हैं। मलख़ के मुक़ाबले में पालस छोटा मुल्क है और इसे किसी बड़े मुल्क की फ़ौजी इमदाद की ज़रूरत शायद अक्सर पड़ती रहेगी।

लंकर : हुक्म समझौते की शर्त पर हम तफ़सील से गुफ़्तगू कर लेंगे। अहदू, हरमूज़ हमारे मेहमान हैं। गौरव महल में क़ायम करेंगे।

अहदू : राजदूत तशरीफ़ ले चलें।

हरमूज़ : शाह पालस का फ़रमान सर आँखों पर!

[सलाम करके अहदू के साथ चला जाता है]

दौलत : सब अराकीन सल्तनत यह नहीं चाहते कि मलख़ के साथ समझौता किया जाए।

लंकर : आख़िर क्यों नहीं?

दौलत : कुछ लोग बेरुनी मदाख़िलत के ख़िलाफ़ हैं।

लंकर : कौन लोग?

लोलाव : मसलन मैं।

लंकर : मदाख़िलत की इजाज़त क्यों दी जाए। शरायत तय की जाए और इस काम के लिए दौलत से बेहतर मुझे कोई आदमी नज़र नहीं आता। दौलत क्या तुम मलख़ जाकर थ्योरेस से मिलना और बातचीत करना पसन्द करोगे?

दौलत : हरगिज़ नहीं।

लोलाव : मुझे इसमें साफ़ साज़िश नज़र आती है।

लंकर : अपने साथ कुछ सिपाही ले जाओ। क्यों दौलत—हमें जो शर्तें मंजूर न हों उनके बारे में बातचीत की जा सकती है—क्यों?

दौलत : हरमूज़ से कह दिया जाए कि इस वक़्त हम राजदूत नहीं भेज सकते। मुल्क की नई हुकूमत के मसाइल कुछ ऐसे हैं। सराफत के मामले पर आगे चलकर ग़ौर करेंगे और कुछ तोहफ़े तहाइफ़ भेज दिये जाएँ बस।

लोलाव : और हरमूज़ को ज़्यादा देर के लिए यहाँ ठहराना भी मुनासिब नहीं मालूम होता। *(अहदू वापस आता है)*

लंकर : दूसरे लफ़्ज़ों में हम बजाय मुआहिदे के ऐलाने जंग कर दें।

दौलत : यूँ ही सही।

लंकर : गोया मलख़ को जंग की दावत दें।

दौलत : मलख़ ने ख़ुद ही अपने आपको मदऊ कर लिया है। आपके जवाब से कोई फ़र्क़ ना पड़ेगा।

लंकर : इरादा बनाना और इरादों का अमल में ढल जाना, क्या इसमें तुम्हें कोई फ़र्क़ नज़र नहीं आता। इरादे बदल भी जाते हैं, बदले भी जा सकते हैं—क्या ऐसा होते तुमने नहीं देखा।

दौलत : सिर्फ़ ताक़त इरादों को शिकस्त देती है। मुहब्बत-मुरव्वत से काम नहीं चलता। रूल्ज़ू से आपने मुआहिदे की बात क्यों नहीं की? चम्बा पर हम क्यों हमले करते रहे?

लंकर : भीड़ के छत्ते को छेड़ना भी तो हम लोगों ने नहीं सीखा।

दौलत : और न सँपोलों को दूध पिलाना हमें सिखाया गया है।

लंकर : तुम्हारे जवाब से हरमूज़ पर अच्छा असर न पड़ेगा—ज़रा सोचो।

दौलत : मैं सोच चुका और मैं चला। अब आप सोचते रहिए और अमल कीजिए।

लंकर : दौलत! *(दौलत चला जाता है—वक़्फ़ा)*

लोलाव : मैं भी दौलत के साथ जाता हूँ।

[लोलाव दौलत के पीछे चला जाता है—दो आदमी उसके साथ हैं।]

लंकर : क्या आप लोग भी?

दो आदमी : दौलत ठीक कह रहे हैं। *(दोनों चले जाते हैं)*

लंकर : *(आरवल से)* क्या दौलत ठीक कह रहा है? क्यों?

आरवल : इस हद तक तो ठीक ही कहता था कि हमें फ़ौज को मज़बूत बनाना चाहिए शायद आपको लड़ना पड़े।

लंकर : भाइयों से लड़ूँगा?

आरवल : ज़ोर-आज़माइश के बाद ही हुकूमत असली दौलत पर असर करेगी।

लंकर : ऐसी जंग से हथियार डाल देना बेहतर है।

आरवल : जंग आप क्यों करेंगे—दौलत जंग पर आमादा नज़र आता है।

लंकर : अहदू! तुम्हारी क्या राय है?

अहदू : मुझे मलिका की राय से इत्तफ़ाक़ है।

लंकर : मैं कम-से-कम जंग से तो इनकार कर सकता हूँ—आख़िर दौलत क्या चाहता है—यह तख़्त-ओ-ताज? वह बग़ैर जंग के यह सब कुछ हासिल कर सकता है।

अहदू : यह मुल्क के लिए और भी बुरा होगा।

आरवल : अब इत्तफ़ाक़ और भाईचारा ताक़त के इज़हार के बाद मसलहत से काम लेने से क़ायम होगा। वह मसलहत क्या होगी यह इस वक़्त नहीं सोचा जा सकता। मेरा तो ख़याल है कि इस वक़्त सबसे मुश्किल तदबीर यही है कि महल की हिफ़ाज़त की मुकम्मल तैयारियाँ की जाएँ।

सिपाही : *(एक सिपाही तेज़ी से दाख़िल होता है)* दौलत और लोलाव अवला से रायसीना की मदद से फ़ौजी तैयारियाँ कर रहे हैं। शहर के बाहर लोग जमा होते जा रहे हैं।

लंकर : हरमूज़ को हमारा पैग़ाम दो—कहो कि दरबार में आपको याद किया है। *(सिपाही चला जाता है)* भाइयों से जंग करनी होगी? आज तक कभी सोचा भी न था। वादी त्रहगाम की पूरी ज़िन्दगी में कितना सुकून और लुत्फ़ था। वहाँ के सहराओं में काँटे न थे जो इस ताज़े इक़तदार में है। *(हरमूज़ आता है)* हरमूज़!

हरमूज़ : जहाँपनाह।

लंकर : पालस की क़ौम मुद्दत से ज़ुल्म-ओ-सितम का शिकार रही है। ग़ुर्बत व इफ़लास की वज़ेदारियों में कुछ-कुछ ग़ुलामी ज़हनियत की वूवास भी आ गई है। हमारी नई जम्हूरी हुकूमत के सामने आए दिन नये मसायल पेश आते रहे हैं।

इन्हीं मसायल को देखकर मैं आपको अपने यहाँ रोकना जुर्म समझता हूँ—लेकिन यह उम्मीद करता हूँ कि मलख़ में आपसे और सम्राट थ्योरेस से मुलाक़ात करूँगा। अनक़रीब मैं ख़ुद मलख़ आने का इरादा रखता हूँ। *(एक सिपाही आता है)*

सिपाही : दौलत और लोलाव की फ़ौजों ने महल पर हमला कर दिया।

लंकर : अहदू, एक फ़ौजी दस्ता मलख़ के राजदूत के साथ रवाना कर दिया जाए और महल के ख़ुफ़िया रास्ते से इन्हें शहर से बाहर रवाना किया जाए—पूरी हिफ़ाज़त और एहतराम के साथ।

अहदू : जो हुक्म—सिपाही सब आपके हुक्म के मुंतज़िर हैं।

लंकर : मैं ख़ुद पहला तीर चलाऊँगा।

कथाकार : भाई-भाई में ठनी तो चारों ओर लगी चलने तलवार
फिर से पालस देश में चारों ओर मच गई हाहाकार।

[मच गई हाहाकार]

तीसरा दृश्य

लंकर का कैम्प

[स्टेज के एक गोशे में लंकर बैठा नक़्शा देख रहा है—पास आरवल बैठी है और अहदू]

आरवल : लड़ाई का क्या नक़्शा है?

अहदू : दौलत और लोलाव वादी—ये गुलाफताब से भी हटा दिए गए।

आरवल : लंकर हमारी फ़ौजें दौलत और लोलाव का पीछा कब तक करेंगी?

लंकर : जब तक वे शिकस्त न मान लेंगे।

आरवल : अब यहाँ से मलख़ की सरहद ज़्यादा दूर नहीं। उन्हें कहाँ तक धकेलोगे?

लंकर : और कोई सूरत नहीं। *(एक सिपाही आता है)*

सिपाही : दौलत और लोलाव की फ़ौजें गुलाफताब से हट गई हैं।

लंकर : हमें मालूम है।

सिपाही : लोलाव बीमार है।

आरवल : बीमार है?

लंकर : मेरे हाथ का लगाया हुआ ज़ख़्म है—वार गहरा था।

आरवल : ज़ख़्म कहाँ है?

लंकर : बाजू पर—*(सिपाही से)* खड़े क्यों हो?

सिपाही : मलख़ की सरहद से हरमूज़ ने पैग़ाम भेजा है कि अगर हुज़ूर को कुमक की ज़रूरत हो तो मलख़ी फ़ौज के साथ हरमूज़ ख़ुद आपकी इमदाद के लिए तैयार हैं।

लंकर : अहदू हमारा जवाब भिजवा दो कि यह हमारा अपना घरेलू झगड़ा है और जल्द ही ख़त्म हो जाएगा। यह ऐसा बड़ा मामला नहीं है कि इसमें बाहर की मदद की ज़रूरत पेश आए।

अहदू : जो हुक्म *(अहदू और सिपाही बाहर जाते हैं)*

आरवल : लंकर, यही वक़्त हिकमते अमली का है।

लंकर : कौन सी?

आरवल : भाइयों को मिलाने की कोशिश करो।

लंकर : वह क्यों करें?

आरवल : तुमने उन्हें शिकस्त पर शिकस्त दी है। वे ख़ुद समझौते की बात करते शरमाते हैं।

लंकर : ठीक कहती हो। समझौते की बात करने का यही वक़्त है। मैं अभी क़ासिद रवाना करता हूँ।

आरवल : और दौलत और लोलाव से कहो कि मलख़ की सरहद पर हरमूज़ फ़ौज के साथ न जाने क्यों और किस बात का इन्तज़ार कर रहा है। यह मौक़ा आपसी जंग का नहीं।

लंकर : अच्छा ख़याल है—शायद तदबीर कारगर हो।

चौथा दृश्य

दौलत का कैम्प

[स्टेज के दूसरे गोशे में एक चबूतरे पर दौलत नमूदार होता है—इसके सामने लंकर का क़ासिद खड़ा है।]

दौलत : लंकर से कह दो कि मैं भी उसी बाप का बेटा हूँ। लेकिन लोलाव की तरह बुज़दिल नहीं हूँ और न आपकी तरह कोताह अन्देश हूँ। लोलाव आपसे मिल गया, इसलिए कि ज़रा से ज़ख़्म से इसकी अक्ल मारी गई। मैं दोनों से निपट लूँगा और अगर हरमूज़ अपनी फ़ौज के साथ आप लोगों के साथ मुक़ाबले पर आना चाहता है तो मैं उसके लिए भी तैयार हूँ।

क़ासिद : जो हुक्म। *(क़ासिद जाता है, रोशनी गुल हो जाती है)*

पाँचवाँ दृश्य

लंकर का कैम्प

[रोशनी अब स्टेज के गोशे को फिर से उजागर करती है—लोलाव लेटा है—लंकर और आरवल पास बैठे हैं।]

लंकर : लोलाव, तुम्हें शरारत ज़्यादा मालूम होती है। मेरा मशवरा है कि तुम वापस पालस नगर जाओ। मैं अकेला दौलत के मुक़ाबले के लिए आगे बढ़ता हूँ। मलिका को भी वापस भेजना चाहता हूँ।

लोलाव : मैं आपके साथ रहूँगा। मेरा ज़ख़्म भरने लगा है।

आरवल : दौलत का तुआकव कब तक कीजिएगा।

लंकर : वह ख़ुद हमला करने की तैयारियों में लगा है।

[रोशनी गुल हो जाती है]

छठा दृश्य

चम्बा का कैम्प

[स्टेज के तीसरे गोशे में रोशनी—चम्बा, हरमूज़ और नैला पर भारी पड़ती है।]

चम्बा : ख़बर आई है कि दौलत को फिर शिकस्त हुई। लंकर और लोलाव दोनों ने मिलकर उसे शिकस्ते-फ़ाश दी और

अब वो शरमना की तरफ़ अपने टूटे-फूटे लश्कर के साथ भागा है। यही मौक़ा है कि हम या तो दौलत से मिलने की कोशिश करें या...

हरमूज़ : दौलत मलख़ियों से कभी नहीं मिलेगा।

चम्बा : या लंकर के साथ मिलकर...

नैला : न लंकर हमसे मिलेगा।

हरमूज़ : वह मैं पहले ही आज़मा चुका हूँ।

चम्बा : तो फिर हमें अपनी तरफ़ से लश्करों पर धावा बोल देना चाहिए। इस वक़्त वे थके हुए हैं। इससे अच्छा मौक़ा हाथ न आएगा।

नैला : इससे बेहतर मौक़ा आएगा—इस वक़्त लड़ना ग़ैरमुनासिब है।

हरमूज़ : थ्योरेस का भी यही हुक्म था।

चम्बा : सम्राट ने फ़ौजें इसी वक़्त के लिए साथ दी थीं।

हरमूज़ : यह भी कहा था कि ऐसा मौक़ा न आने देना कि लड़ना पड़े।

चम्बा : लेकिन जब जंग में सरासर हमें अपनी फ़तह नज़र आ रही हो तब भी न लड़ें? अगर मुक़ाबला करना मुनासिब नहीं तो दूसरे रास्ते से पालस नगर की तरफ़ एक दस्ता भेजा जा सकता है। वहाँ इस वक़्त फ़ौजें कम होंगी और एक दस्ता दुश्मन को यहीं सरहद के पास घेर लेगा।

नैला : बाबा, ज़रा इन्तज़ार किया जाए। इस वक़्त यह तदबीर न चलेगी।

हरमूज़ : नैला ठीक कह रही है। लंकर इस जंग की मसलहतें ख़ूब समझ रहा है। इस वक़्त यह मुनासिब है कि हम फ़ौरन अपनी फ़ौजें सरहद से हटा लें और लंकर को ख़बर भेज दें कि हमने फ़ौजें हटा ली हैं। इसके बाद वापस जाकर सम्राट थ्योरेस को हालात से आगाह करें।

चम्बा : अच्छा।

हरमूज़ : नैला ज़रा एक बात सुनना।

नैला : *(एक तरफ़ जाते हुए)* कहो।

हरमूज़ : थ्योरेस ज़रूर मुझसे मशवरा लेगा। लंकर ने मुझसे आते वक़्त कहा था कि वह ख़ुद मलख़ आता...

नैला : बाहर चलें—वहाँ बातें करेंगे।

कथाकार : समझौते को राजदूत और चिट्ठी-पत्र बहुत भिजवाए,
बहुत बुलाया लंकर ने पर दौलत पालस नगर न आए।
आख़िर देश को एक बना देने की दिल में आस लिये
राजपाट सब छोड़-छाड़ कर चले मलख़ लंकर नगराय।
राजपाट सब छोड़-छाड़ कर चले...

सातवाँ दृश्य

पालस नगर का महल

[लंकर और आरवल बातें कर रहे हैं]

लंकर : आरवल, मैं मलख़ जाने को मजबूर हूँ।

आरवल : क्यों?

लंकर : थ्योरेस ने मुझे फ़तहयाबी पर मुबारकबाद भेजी है और मलख़ आने की दावत दी है।

आरवल : किसकी ज़ुबानी?

लंकर : नासद आया है।

आरवल : तुम जाने पर मजबूर क्यों हो?

लंकर : शायद इसी तरह यह आपस का झगड़ा ख़त्म हो।

आरवल : थ्योरेस शायद आपके दिल की ख़्वाहिश जानकर इससे फ़ायदा उठाना चाहता है।

लंकर : आपस में अगर इत्तफ़ाक़ है तो कोई फ़ायदा नहीं उठा सकता। दौलत त्रहगाम में बैठ गया है। महीनों गुज़र गए जंग से मैं दस्तबरदार हो गया। हज़ार पैगामे सुलह भेजे—यहाँ तक कि तख़्त-ओ-ताज उसके हवाले कर देने का वादा किया लेकिन न जाने उसे क्या हो गया है। वह किसी बात का जवाब ही नहीं देता। अगर वह मुझ पर शुबहा करता है तो इस तरह शायद उसका शुबहा दूर हो जाएगा और वह पालस नगर आ जाएगा।

आरवल : आपको मलख़ हरगिज़ न जाना चाहिए।

लंकर : अगर थ्योरेस हमारे आपस के झगड़ों से फ़ायदा उठाना चाहता है तो मेरे मलख़ जाने से क्या फ़र्क़ पड़ता है—उसके लिए आज भी मौक़ा है।

आरवल : आपके चले जाने से नाइत्तफ़ाक़ी कम न होगी बल्कि बढ़ सकती है।

लंकर : इससे ज़्यादा क्या बढ़ जाएगी। दौलत बहुत क़ाबिल है और मुझे बहुत अज़ीज़ है। मैं इस फ़ैसले पर ख़ुद को बिलकुल मजबूर पाता हूँ। *(आरवल रो देती है)* बहुत बड़ा बोझ तुम्हारे कन्धों पर छोड़े जा रहा हूँ। रोने से कैसे काम चलेगा?

आरवल : मुझे साथ ले चलो।

लंकर : इस मौक़े पर नहीं। हुकूमत का सारा कारोबार तुम्हारे ही भरोसे तो छोड़ रहा हूँ।

आरवल : हुकूमत के कारोबार में मुझे कोई दिलचस्पी नहीं।

लंकर : हुकूमत की ज़िम्मेदारियों को मेरा सौंपा हुआ फ़र्ज़ समझकर निभाओ।

आरवल : तुम मेरी बातें सुनकर मुझे नवाज़ते रहे हो। आज तुम भी मेरी नहीं सुन रहे। अब दूसरा कौन सुनेगा?

लंकर : अन्दर से कोई चीज़ कह रही है आरवल कि मुझे जाना है और तुम्हें यहीं रहना है—बस यह समझ लो।

आरवल : मैं अपने दिल का क्या करूँ जो बार-बार कह रहा है कि इस फ़िराक़ में ग़म है, इस सफ़र में ग़म है, इस इन्तज़ार में सरासर ग़म है।

लंकर : ज़िन्दगी को हर रुख़ से देखना तकदीर है। इसी तकदीर का नाम ज़िन्दगी है। ज़िन्दगी को बुरा कहने से क्या होगा? कोई इन हालात को बदल दे तो ये ग़म दूर हों। हम लोगों ने तो बहुत कोशिश की। तारीख़ दौलत की ज़िद्द के साथ है। आँसू पोंछ लो मुझे तैयारी करना है।

आरवल : दिल की सरज़मीं ख़ुश्क हो रही है। अब आँसू भी कहाँ होंगे। *(रोती है)*

लंकर : कौन है? अहदू? अन्दर आ जाओ। *(अहदू अन्दर आता है)*

अहदू : अमराय आपके इन्तज़ार में है।

लंकर : उससे कहो अन्दर आ जाए। *(लोग अन्दर आते हैं)* अराकीन हुकूमत, अमराय सल्तनत—मेरी ग़ैर-मौजूदगी में मलिका पालस की हुक्मरान होंगी, आपको मंजूर है? *(वक़्फ़ा)*

सब : मलिका पालस ज़िन्दाबाद।

लंकर : लोलाव।

लोलाव : लंकर नगराय का हुक्म सर आँखों पर।

लंकर : अहदू।

अहदू : मलिका की हुकूमत हमारे लिए बाइस-ए-फ़ख़्र हो।

लंकर : हुकूमत की मुआमलात में आप सब जिस तरह मेरा हाथ बटाते रहे हैं मुझे यक़ीन है कि यही दस्तूर और यही रवायत मेरी ग़ैर मौजूदगी में भी क़ायम रहेगी। मलिका की निगाह सियासी मसाइल में हमेशा दूर तक पहुँचती है। चुनाँचे मुझे यक़ीन है कि वाइज़ तलब मसाइल पर मलिका का फ़ैसला क़तई फ़ैसला समझा जाएगा—लोलाव।

लोलाव : मुझे मंजूर है।

सब : मलिका का साया हमारे सर पर सलामत रहे। लंकर शाह ज़िन्दाबाद।

लंकर : शहंशाह थ्योरेस ने बहुत तपाक और मुहब्बत से दस्ते रफ़ाक़त हमारी तरफ़ बढ़ाया है। कुछ दिनों के लिए मैं मलख़ में रहकर वहाँ के हालात का अन्दाज़ा लगाना चाहता हूँ और यह दावत कबूल कर लेने में फ़ख़्र महसूस करता हूँ। साथ ही यह उम्मीद लिये हुए जा रहा हूँ कि मेरी अदम मौजूदगी शायद मुल्क में अम्न-ओ-अमान की वह फ़िज़ा क़ायम कर दे जिसके लिए मैं यहाँ रहकर आज तक जद्दोजहद करता रहा। मैं आप सबसे सिर्फ़ यह कहना चाहता हूँ कि आरजू से मेरा दिल बहुत बेनियाज़ है। और शायद यही मेरी कमज़ोरी है। महज़ तख़्त-ओ-ताज़ मैंने कभी नहीं चाहा—मैं इस मुल्क को पुरअमन, आबाद और ख़ुशहाल देखना चाहता हूँ। मुल्क को इस रास्ते से हटने न दीजिए। *(वक़्फ़ा)*

अहदू : आपको अपने साथ कुछ लश्कर रखना चाहिए।

लंकर : मेहमान की हैसियत से, दोस्ती क़ायम करने की ग़रज़ से किसी के घर जा रहा हूँ। लश्कर की ऐसे मौक़े पर क्या ज़रूरत है और अगर ज़रूरत हो भी तो लश्कर वहाँ क्या काम आएगा जहाँ इनसान की ज़मीर-ओ-दिल की आज़माइश हो।

आरवल : लंकर!

लंकर : हिम्मत—हिम्मत।

आठवाँ दृश्य

पालस नगर का महल

[कुछ महीने के बाद—आरवल लेटी है—अहदू आता है]

कथाकार : राजमहल से लंकर गए कि राजमहल से गया सुहाग।
घोर उदासी फैल गई जैसे बिरहा में सावन आए।

अहदू : आपको क्या हुआ है—जहाँपनाह के जाने के बाद आपको हुकूमत के कारोबार में और ज़्यादा सरगर्म हो जाना चाहिए था—और आपने इसी मौक़े पर अपनी ज़िम्मेदारियों से मुँह मोड़ लिया है। लोलाव में वो सियासी शऊर नहीं है। सारे फ़ैसले वह कर देते हैं और आप दस्तख़त कर देती हैं। इस काग़ज़ पर ज़रा ग़ौर कीजिए। दौलत त्रहगाम में ख़ामोश बैठे हैं और समझौते की ख़बरें पहुँच रही हैं और यहाँ यह फ़रमान जारी किया जा रहा है कि हमारी फ़ौजें त्रहगाम पर चढ़ाई करने की तैयारी करें। फ़रमाइए आपका क्या हुक्म है—क्या यह फ़रमान जारी किया जाए।

आरवल : अहदू, इस फ़रमान को कौन रोक सकता है। मुझे तो यह ख़ुदाई फ़रमान मालूम होता है कि ये भाई आपस में लड़कर कट मरें।

अहदू : आप चाहें तो इस फ़रमान को रोक सकती हैं।

आरवल : नहीं अहदू—इसका कुछ नतीजा नहीं निकलेगा।

अहदू : मुल्क का बुरा हाल है। चारों तरफ़ त्राहि-त्राहि मची हुई है। भूखे-नंगे लोग क्या ये लड़ाइयाँ लड़कर तरक़्क़ी करेंगे?

आरवल : अहदू, तुम इतना क्यों नहीं समझते कि लोलाव की दिलशिकनी करके हम अपना मुद्दा हासिल नहीं कर सकते।

अहदू : अगर आप दस्तख़त नहीं करना चाहें तो लोलाव को समझाइए कि यह फ़रमान क़ौम के हक़ में बुरा साबित होगा।

आरवल : लोलाव भी बहुत ज़िद्दी है। सच पूछो तो थोड़ी-बहुत ज़िद्द इन सब भाइयों के मिज़ाज में है। जब मैं उन्हें न समझा सकी तो लोलाव को क्या ख़ाक समझा पाऊँगी।

अहदू : मैं लोलाव से बात करता हूँ। इजाज़त दीजिए। यह मसला बहुत अहम और बहुत नाज़ुक है। इजाज़त दीजिए। *(जाता है)*

आरवल : ज़ून।

ज़ून : *(बाहर से)* सरकार।

आरवल : क्या वक़्त है?

ज़ून : *(अन्दर आते हुए)* हमाल तल से धूप चली गई—अँधेरा होने ही वाला है।

आरवल : तू खाना खा ले—मैं न खाऊँगी।

ज़ून : दोपहर को भी आपने कम खाया था।

आरवल : जी बिलकुल नहीं चाहता।

ज़ून : चेहरे पर भूख का असर मालूम होता है—थोड़ा-सा खा लीजिए।

आरवल : नहीं।

ज़ून : मैं आपके बाल गूथ दूँ—इससे शायद कुछ तबीयत बहाल हो जाए।

आरवल : नहीं ज़ून—नहीं-नहीं। हाथ हटा ले सर से—अच्छा नहीं लगता।

ज़ून : सरकार।

आरवल : तू जा अपना काम कर।

ज़ून : हुज़ूर।

आरवल : जा तू। *(ज़ून चली जाती है—वक़्फ़ा—आहिस्ता-आहिस्ता सिसकियाँ लेती है)*

लोलाव : *(अन्दर आते हुए, उसके पीछे अहदू है)* मैं औरत की हुकूमत बर्दाश्त नहीं कर सकता—बराये नाम भी नहीं।

आरवल : तो तुम्हीं तख़्त सँभालो लोलाव—मैं ख़ुद इस फ़र्ज़ से आज़िज़ आ गई हूँ।

लोलाव : मुझे क़बूल है।

अहदू : यह आप क्या फ़रमा रही हैं?

आरवल : हो सके तो अमराय के मशवरों पर ख़ूब ग़ौर करने के बाद फ़ैसले करने की आदत डालो। तुम अभी बच्चे हो।

लोलाव : मैं मर्द हूँ और शाही नस्ल का दिल और दिमाग़ मैंने पाया है।

आरवल : दौलत पर चढ़ाई करने के सिलसिले में तुम जो फ़रमान जारी करने वाले हो इससे लोगों के दिल में वसवसे हैं—यह मत भूलो कि दौलत पर जान देने वाले इस मुल्क में बहुत हैं।

लोलाव : मैं ख़ूब जानता हूँ मैं क्या कर रहा हूँ। मैंने सोच-समझकर यह फ़ैसला किया है। लोहा आग में तपकर ही फ़ौलाद बनता है।

आरवल : अहदू, इस महल की दीवारें मेरी निगाह को रोक लेती हैं। मुझे इजाज़त दो—मैं बहुत सी बातों के बारे में सोचना चाहती हूँ। वादियों की गोद में सर रखकर दिमाग़ की थकान दूर करूँगी और झरनों के आहंग से मदद लेकर सोचूँगी कि आदमी क्यों यहाँ आता है और गुज़र जाता है।

अहदू : यह आप क्या फ़रमा रही हैं—ग़ज़ब हो जाएगा—मैं जहाँपनाह को मुँह दिखाने के क़ाबिल नहीं रहूँगा।

आरवल : कौन? अहदू, ये लोग क्यों यहाँ जमा हो रहे हैं? अच्छा ठहरो। तुम न जाओ—इन्हें यहाँ अन्दर बुलाओ—आप लोग अन्दर आ जाइए *(कुछ अमराय अन्दर आते हैं)*। देखिए! आप लोग हथियारों से इस क़दर लदे-फँदे क्यों नज़र आते हैं—मैं ख़ुद यहाँ से जा रही हूँ—जा सकती हूँ न?

एक आदमी : यह आप क्या फ़रमा रही हैं? *(कुछ सरगोशियाँ होने लगती हैं)*

अहदू : आप लोग यहाँ से तशरीफ़ ले जाइए। मलिका कुछ अलील हैं।

आरवल : रहने दो अहदू—मैं जा रही हूँ।

अहदू : कहाँ जाइएगा—ये कैसी बातें हैं हुज़ूर।

आरवल : यह सब मैं ख़ुद नहीं जानती कि कहाँ जाऊँगी और क्या करूँगी। बस इतना जानती हूँ कि मुझे यहाँ से चले जाना चाहिए। मेरा जाना बहुत ज़रूरी है—बहुत ज़रूरी।

एक आदमी : *(सरगोशी के अन्दाज़ में)* बढ़कर हिरासत में।

आरवल : मैं छुपकर क्यों जाऊँ—कौन मुझे रोकना चाहेगा—क्यों कोई चाहता है मुझे रोकना?

[ख़ामोशी—वक़्फ़ा]

एक आदमी : मैं आपके साथ चलूँगा।

आरवल : मेरा रास्ता जंगलों की तरफ़ जाता है—नहीं—मेरे साथ कोई नहीं आएगा। अहदू, मर्द होकर रोते हो। ग़म न करो, इसीलिए कि मुझे जाने का कोई ग़म नहीं है। इस नस्ल, इस ज़माने से मुझे कोई उम्मीद नहीं। मैं मुस्तक़बिल के बारे में सोचना चाहती हूँ। माज़ी ख़ुशगवार था, मस्तक़बिल ख़ुशगवार होगा। बस इस ख़याल पर ग़ौर करती रहूँगी। यही अच्छा है। ज़ून खाना खा लो तुम। अहदू यह कलमदान तुम रखो। मैं अपने साथ कुछ नहीं ले जाना चाहती। बस सिर्फ़ यह जिस्म, जिसकी मुझे अभी ज़रूरत है। हाँ वह मेरी शॉल देना—अहदू, हिम्मत-हिम्मत!

[मलिका अकेली बाहर चली जाती है]

लोलाव : बुज़दिल। *(वक़्फ़ा)* मेरी ताज़पोशी का एलान किया जाए।

अहदू : यह आपने बुरा किया।

लोलाव : क्या?

एक आदमी : अभी दौलत के वापस आने की उम्मीद ख़त्म न हुई थी कि आपने वह उम्मीद हमेशा के लिए ख़त्म कर दी।

लोलाव : क्या मैं तनहा हुकूमत की बागडोर सँभालने के क़ाबिल नहीं हूँ?

अहदू : दौलत अब ज़रूर हमला करेगा। आप छोटे भाई हैं।

लोलाव : बेफ़िक्र रहिए मैं उन्हें हमला करने का मौक़ा न दूँगा। आप लोगों का जी चाहे तो चले जाइए। दौलत से या मलिका से मिल जाइए। मुझे कोई परवाह नहीं। लेकिन यह सुन लीजिए कि मैं अब बादशाह हूँ—समझ गए। *(वक़्फ़ा)* जा रहे हो?

एक आदमी : जी।

दूसरा आदमी : हम जाते हैं और यह कहते हुए कि यह हुकूमत और दबदबा सब चन्द रोज़ है।

[दोनों चले जाते हैं]

लोलाव : और तुम अहदू? क्या सोच रहे हो? जाओगे नहीं? *(वक़्फ़ा)* जाना चाहते हो चले जाओ, मैं नहीं रोकूँगा।

अहदू : मैं इस तख़्त का पासबानी करता रहा हूँ। मैं इसी के पास रहूँगा—शायद काम आऊँ।

कथाकार : आओ कहें सब सूत्रधार से मलख़ देश फिर दिखलाएँ
अब आगे लंकर नगराय पे क्या बीती वह कथा सुनाएँ।

तीसरा अंक

पहला दृश्य

मलख़ का महल

[नैला खड़ी कुछ सोच रही है—पीछे से करतीस दबे पाँव आता है]

करतीस : *(पीछे आते हुए)* नैला!

नैला : आप!

करतीस : क्या डर गईं?

नैला : कितनी बार कहूँ कि मैं डरती नहीं हूँ। आप कुछ परेशान नज़र आते हैं। कब से मेरे पीछे चले आ रहे हैं?

करतीस : बहुत देर से।

नैला : क्यों?

करतीस : दो घड़ी मेरे साथ बैठकर बातें न करोगी?

नैला : कौन सी बातें?

करतीस : जो बात भी वक़्त पर सूझ जाए।

नैला : बेसोची-समझी बातें?

करतीस : हाँ बिलकुल बेसाख़्ता। परिंदों की चहकार की तरह।

नैला : परिंदों के दिमाग़ नहीं होता।

करतीस : इसीलिए तो वे ख़ुश-ओ-ख़ुर्रम रहते हैं।

नैला : ख़ुश-ओ-ख़ुर्रम कौन रहना चाहता है।

करतीस : क्या तुम्हें ज़िन्दगी की मुसर्रतों से चिढ़ है?

नैला : ख़ुश-ओ-ख़ुर्रम कोई नहीं रहता।

करतीस : क्या तुम हरमूज़ के साथ ख़ुश नहीं?

नैला : जी।

करतीस : क्या तुमने सुना नहीं।

नैला : मैं ख़ुशी और रंज के जज़्बात दूसरों के सहारे अपने दिल में पैदा नहीं करती।

करतीस : एक इनसान के एहसासात पर क्या दूसरे इनसान अशरानादाज़ नहीं होते?

नैला : यह दूसरी बात है?

करतीस : मेरे पास जो तुम्हारे लिए जज़्बा है उसकी तुम्हारे नज़दीक कोई क़दर नहीं?

नैला : आप क्या जानें क़दर है या नहीं।

करतीस : मैं मालूम करना चाहता हूँ।

नैला : क्या कीजिएगा।

करतीस : दिल को कुछ तस्कीन दूँगा—बहुत बेचैन हूँ।

नैला : हाँ बेचैन तो आप हैं ही। इसमें मेरा क्या क़सूर। मैंने आपको पाला-पोसा तो है नहीं। इनसान का मिज़ाज तो बचपन में ही ढल जाता है।

करतीस : तुम्हारी हमेशा यही ख़ूबी रही है।

नैला : सदियों से आपकी शायरी की क्या राय है?

करतीस : किस बाबत?

नैला : मेरे बारे में।

करतीस : वह यह भी कहते हैं कि जफ़ाकारी पसीजती भी है, पशेमान भी हो सकती है।

नैला : पहले जफ़ाओं का दौर तो ख़त्म हो।

करतीस : या अल्लाह—यह दौर कब ख़त्म होगा?

नैला : शब-ए-हिज्र की कोई मुद्दत मुकर्रर है?

करतीस : जब तक इस शब-ए-हिज्र में ख़्वाबे-अदम का लुत्फ़ न आने लगे।

नैला : यह न हुआ तो शब-ए-हिज्र क्या हुई?

करतीस : नैला, लिल्लाह मुझ पर रहम करो।

नैला : आपकी ज़िन्दगी मेरे रहमोकरम पर क्यों? जीना सीखो—यह ज़िन्दगी है—लीजिए बाबा इधर ही आ रहे हैं—मैं चली।

[चली जाती है]

चम्बा : *(आते हुए)* आप! यहाँ?

करतीस : आपको ताज्जुब है?

चम्बा : नहीं-नहीं—मेरा मतलब।

करतीस : *(चम्बा को देखकर)* मैं आप ही की तरफ़ जा रहा था।

चम्बा : ख़ैरियत?

करतीस : लंकर ने शहंशाह की दावत क़बूल कर ली है।

चम्बा : जी हाँ।

करतीस : और वह मलख़ पहुँच गया है।

चम्बा : पहुँच गया है? कहाँ है?

करतीस : अब्बाजान के साथ।

चम्बा : अच्छा!

करतीस : अब ज़्यादा देर नहीं कि पालस का तख़्त-ओ-ताज आपको वापस मिल जाए। मलख़ की यही ख़्वाहिश है। मैं जानता हूँ कि अब्बाजान यही चाहते हैं और मैं भी यही चाहता हूँ।

चम्बा : मैं इन एहसानात से कभी सबक़दोष न हो सकूँगा।

करतीस : आप ताज व तख़्त के मुस्तहक़ हैं।

चोबदार : सम्राट थ्योरेस।

करतीस : *(चम्बा से)* आप ताज व तख़्त के मुस्तहक़ हैं—यह कभी न भूलिएगा।

चम्बा : शुक्रिया—बहुत-बहुत शुक्रिया—*(थ्योरेस आता है)*

थ्योरेस : करतीस—लंकर नगराय हमारे मेहमान हैं—इस वक़्त आराम कर रहे हैं। उनकी ख़ातिर करना तुम्हारी ज़िम्मेदारी है। रक्सो नग़मा सैरो—शिकार और उन चीज़ों के तमाम लोवाज़मात से उनकी ख़ातिरदारी करो और हर मुमकिन तरीक़े से उनका जी बहलाओ लेकिन बस हमेशा अपनी निगाह में रखना।

करतीस : यानी वह नज़रबन्द हैं?

थ्योरेस : हाँ, इसका अन्दाज़ा उन्हें ख़ुद अपने वक़्त पर ही हो जाएगा। तुम्हारी बातों से जहाँ तक मुमकिन हो यह हरगिज़ ज़ाहिर न हो।

करतीस : जो हुक्म।

थ्योरेस : अच्छा—बस अब जाओ। *(करतीस जाता है) (ख़ुद से)* करतीस! करतीस! काश पालस फ़तह करने की मुहिम पर मैं तुम्हें भेज सकता। *(वक़्फ़ा)* हरमूज़ को बुलाओ—*(ख़ुद से)* यह दिल—यह बेताब दिल—यह रह-रह के उठती हुई कसक—कौन जाने मेरे बाद हरमूज़ का क्या होगा। आ जाओ।

हरमूज़ : हरमूज़ थ्योरेस की ख़िदमत में हाज़िर है।

थ्योरेस : हरमूज़, तुम पालस के रास्तों और पालस नगर के महल से बख़ूबी वाक़िफ़ हो गए हो।

हरमूज़ : जी हाँ—बख़ूबी।

थ्योरेस : वैसे राजा तुम्हारे साथ होंगे—और अपनी बीवी को भी साथ रखना—इस मुहिम में तुम्हारी फ़तह यक़ीनी है। पालस से ख़बर आई है कि दोनों भाई आपस में लड़ रहे हैं। यही मौक़ा है जिसका इन्तज़ार था। अब और ताख़ीर मुनासिब नहीं होती। तुम्हारी तैयारी मुकम्मल है?

हरमूज : जी हाँ।

थ्योरेस : चम्बा।

चम्बा : थ्योरेस मैं तैयार हूँ।

थ्योरेस : हालात का ख़ूब जायज़ा लेने के बाद क़दम उठाना—हालात साज़गार न हों तो हमला न करना—इसका फ़ैसला हम तुम पर छोड़ते हैं।

हरमूज : हुक्म की पाबन्दी होगी *(वक़्फ़ा)* सम्राट—ख़ैरियत?

चम्बा : थ्योरेस!

थ्योरेस : बस अब जाओ—देर न करो। *(दिल में दर्द उठ रहा है)*

[थ्योरेस चला जाता है—नैला, हरमूज़ और चम्बा के पास आती है। तीनों दूसरी तरफ़ निकल जाते हैं। करतीस जो एक तरफ़ छिप गया था सामने आता है और इशारा करता है—इशारे पर कोटा अन्दर जाता है।]

करतीस : कोटा।

कोटा : हुज़ूर।

करतीस : तुम कब से चम्बा के यहाँ मुलाज़िम हो?

कोटा : बाप-दादा से हुज़ूर।

करतीस : तुम्हें राजा अज़ीज़ हैं?

कोटा : दिलोजान से सरकार।

करतीस : तुम उनके लिए अपनी ज़िन्दगी तक क़ुर्बान कर सकते हो?

कोटा : यक़ीनन।

करतीस : तुम्हें हरमूज़ कैसा आदमी मालूम होता है?

कोटा : जी?

करतीस : हरमूज़ तुम्हें ख़तरनाक आदमी तो नहीं मालूम होता?

कोटा : ख़तरनाक?

करतीस : हरमूज़ पालस पर चढ़ाई करने जा रहा है—क्या तुम्हारा ख़याल है कि फ़तहयाबी के बाद वह ताज व तख़्त चम्बा के हवाले कर देगा?

कोटा : अगर सम्राट थ्योरेस का यही हुक्म है तो उन्हें कर देना चाहिए।

करतीस : सम्राट और मेरी दोनों की यही ख़्वाहिश है और यही हुक्म—लेकिन अगर इसके बावजूद हरमूज़ चम्बा को तख़्त से महरूम कर दे तब क्या होगा?

कोटा : अगर वह ऐसा करेंगे तो बहुत बुरा करेंगे। सम्राट यक़ीनन उनसे बहुत ख़फ़ा होंगे।

करतीस : हम लोग पालस से इतनी दूर हैं कि हमारी ख़फ़गी के बावजूद राजा को नुक़सान पहुँच सकता है और राजा के साथ इसके वफ़ादार मुलाजिम को भी।

कोटा : फिर आप क्या हुक्म देते हैं युवराज?

करतीस : अगर हरमूज़ जंग के दौरान में या कहो कि फ़तहयाबी के वक़्त ख़ुद ही लड़ाई में मारा नहीं जाता, और तुम देखते हो कि वह चम्बा की तरफ़ से बदजन है और उसकी नीयत ख़राब है तो तुम्हें क्या करना चाहिए?

कोटा : मैं समझ गया सरकार।

करतीस : मलख़ की तरफ़ से इत्मीनान रखो कि तुम्हारी वफ़ादारियों की तारीफ़ होगी और तुम्हारी कारगुज़ारियों का मुआवज़ा दिया जाएगा।

कोटा : ग़ुलाम युवराज का तहेदिल से शुक्रगुज़ार है—मैं अपनी वफ़ादारी में फ़र्क़ न आने दूँगा।

कथाकार : भाई-भाई में ठनी तो चारों ओर चलने लगी तलवार।
फिर से पालस देश में चारों ओर मच गया हाहाकार।
कभी किसी ने पीठ से भोंका किया किसी ने पेट पे वार
झूम के बरसा मेघ लहू का आई तीरों की बौछार।

दूसरा दृश्य

पालस नगर का महल

[अहदू और लोलाव बातें कर रहे हैं]

अहदू : लोलाव—बहुत हुई लड़ाई—अब भी वक़्त है भाई से सुलह करो।

लोलाव : अब क्या सुलह करूँगा अहदू—बात बहुत बढ़ गई है।

अहदू : एक ही क़ौम आपस में लड़कर कट रही है—जानते हो दौलत के कितने आदमी मारे गए—तीन हज़ार। उसकी ताक़त तुम्हारे काम आ सकती थी उसकी कमज़ोरी तुम्हारे काम न आएगी। इस ताज और तख़्त में क्या धरा है। तुम्हारा सबसे बड़ा, सबसे दानिशमंद और नेक भाई किस बेनियाज़ी से तख़्त-ओ-ताज दौलत के हवाले करने को तैयार था और आख़िर चला गया। मलिका उसी बेनियाज़ी से तख़्त को ठुकराकर चली गई। अगर तुम इसे छोड़ देने का फ़ैसला कर लो तो अब भी जान और मुल्क की हिफ़ाज़त की जा सकती है। *(सिपाही आता है)*

सिपाही : ख़बर आई है कि मलख़ी लश्कर मुल्क में घुस आए हैं और अब शहर में दाख़िल होने वाले हैं।

अहदू : ये लश्कर किसकी कमान में हैं?

सिपाही : सुना है कि हरमूज़ की कमान में हैं। यह भी कहा जाता है कि चम्बा उनकी रहनुमाई कर रहा है। अभी इसकी तसदीक नहीं हुई। *(सिपाही चला जाता है)*

लोलाव : *(रो देता है)* अहदू, क्या इसका मतलब है कि लंकर को थ्योरेस ने क़त्ल करवा दिया। अहदू, अहदू क्या इस मुल्क में फिर चम्बा राज करेगा? जो कुनबा कभी इस मुल्क पर आठ पीढ़ियों तक राज करता रहा, क्या वह फिर दर-दर

की ठोकरें खाता फिरेगा? जिस नगराय ख़ानदान के कभी एक सौ बेटे थे क्या इसका एक बच्चा भी न बचेगा? अहदू! यह सब क्या हो रहा है, क़िस्मत हमारे ख़िलाफ़ क्यों है?

अहदू : अब भी कुछ नहीं बिगड़ा है। दोनों भाई मिल जाएँ तो दुश्मन के छक्के छूट जाएँगे। तख़्त दौलत के हवाले कर दो।

[सिपाही आता है]

सिपाही : दौलत नगराय के 500 सिपाही महल के फाटक पर क़ाबिज़ हो गए हैं। दूसरी तरफ़ से हरमूज़ के मलख़ी लश्कर महल की तरफ़ बढ़ रहे हैं—उनके साथ राजा चम्बा भी हैं और उसकी बेटी नैला भी। *(सिपाही चला जाता है)*

अहदू : यह वक़्त फ़ैसले का है लोलाव—फ़ैसला करो।

लोलाव : मैं फ़ैसला कर चुका। दौलत महल में घुस आया है, यह अच्छा है। अपने लश्करों से कहो कि अब हथियार डाल दें। अब आपस में और कश्तोख़ून न हो। तुम समझौते की बात करो। दोनों फ़ौजें मिलकर दुश्मन का मुक़ाबला करें। मेरे बारे में मशहूर कर दो कि मैं मार दिया गया—और कुछ न कहना किसी से।

अहदू : यह क्यों—आप क्या करना चाहते हैं?

लोलाव : मैं दौलत को मुँह नहीं दिखाना चाहता।

अहदू : दौलत आपको ज़ख़्म नहीं पहुँचाएगा। इसका मैं आपको यक़ीन दिलाता हूँ।

लोलाव : इसका मुझे यक़ीन है—मगर मैं अपने ज़मीर का क्या करूँ?

[सिपाही चला जाता है]

सिपाही : चम्बा और हरमूज़ के आदमी महल के दूसरे फाटक पर क़ाबिज़ हो गए—हमारे सिपाही आपके ताज़ा आह्वमात के मुंतज़िर हैं।

अहदू : मैं शाही फ़रमान लेकर आ रहा हूँ। *(सिपाही जाता है) (लोलाव से)* आप मेरे साथ आएँ और सिपाहियों को अपना हुक्म सुनाइए।

लोलाव : मैं सिपाहियों से कुछ नहीं कहना चाहता—अहदू, मुझे एक तेज़ घोड़ा चाहिए और बस—मैं मामूली कपड़े पहनकर महल से निकल जाऊँगा। मैं भेस बदलता हूँ—चलो तुम मेरे लिए इतना कर दो।

अहदू : यह काम मुझसे न होगा।

लोलाव : तो क्या तुम मेरी लाश देखना चाहते हो?

अहदू : आप ज़रा हिम्मत से काम लें।

लोलाव : यही ऐन दानिशमंदी और हिम्मत है अहदू कि अब दौलत को महल की हिफ़ाज़त का मौक़ा दिया जाए और अगर लड़ाई का नतीजा उसके हक़ में भी अच्छा नहीं निकलता है तो मुझे आइन्दा कोई तरकीब निकलने की आज़ादी नसीब हो। वरना ख़ानदान का हर आदमी तबाह हो जाएगा—चलो जल्दी करो।

अहदू : मुझे रंज है कि मैं आप लोगों के काम न आ सका।

लोलाव : तुम मेरे लिए इतना कर दो—शायद यही सबसे बड़ी कारगुज़ारी साबित हो। कम-से-कम एक भाई का बचा रहना बहुत ज़रूरी है।

अहदू : जैसी आपकी मर्ज़ी।

[दोनों बाहर जाते हैं—कुछ देर शोरोगुल सुनाई देता है—कुछ सिपाही इधर-उधर लड़ते हुए भागते नज़र आते हैं—अहदू आता है और सिपाहियों को जंग से रोकता है।]

अहदू : लोलाव नगराय लड़ाई में काम आए—हाथ रोको—दोनों फ़ौजों में समझौता हो गया है।

शोर : दौलत नगराय ज़िन्दाबाद। बादशाह-ए-वक़्त दौलत नगराय ज़िन्दाबाद।

[दौलत नगराय का दाख़िला]

दौलत : यक़ीन नहीं आता कि लोलाव कब-कैसे—मुझे दिखाओ कहाँ मारा गया—मैंने तो उसे कहीं देखा नहीं। महल के अन्दर एक भी तीर नहीं चला—अहदू, कहाँ है लोलाव?

अहदू : जहाँपनाह—तलाश करना होगा—लेकिन महल पर अभी तक पूरी तरह क़ब्ज़ा नहीं हुआ है। हरमूज़ के आदमी फाटक से हट जाने के बाद फिर से जमा हो रहे हैं और कुछ लोगों ने पीछे की दीवार से महल में कमंद डाल दी है।

[एक सिपाही अन्दर आता है]

सिपाही : जहाँपनाह! मलख़ी महल के अन्दर घुस आए।

दौलत : किस रास्ते से?

सिपाही : महल के ख़ुफ़िया दरवाज़े से।

अहदू : हुज़ूर आप उधर न जाएँ।

दौलत : तो क्या उनसे यहाँ मुलाक़ात करूँगा?

[चला जाता है]

अहदू : कितने आदमी हैं?

सिपाही : अन्दाज़ा करना मुश्किल है—बहुत बड़ी तादाद...

[हरमूज़ के सिपाही अन्दर आते हैं]

हरमूज़ के सिपाही : बढ़ के—दरवाज़े के पास—ठीक है। *(चम्बा आता है उसके पीछे नैला है)*

चम्बा : *(आते हुए)* घेर लो।

नैला : पहले इस बूढ़े को हिरासत में लो।

[सिपाही अहदू को गिरफ़्तार करते हैं]

अहदू : यह बूढ़ा तो यूँ भी मर रहा था।

नैला : बाबा! यही लोलाव नगराय है?

चम्बा : कौन!

नैला : उधर देखिए—पूरी एक फ़ौज से अकेले मुक़ाबला कर रहा है। बीस-पच्चीस लाशें गिरा दीं—कितना वजीह, कितना ख़ूबसूरत आदमी है—पेशानी ज़ख़्म खाकर और चमक उठी है—ज़रा देखिए तो बाबा।

चम्बा : यह लोलाव नहीं, दौलत है—तुम लोग यहाँ क्या कर रहे हो? जाओ उन सिपाहियों की मदद करो। *(सिपाही बाहर भागते हैं)* क्या यह आदमी सबको मार गिराएगा। हट जाओ नैला वह उधर ही बढ़ रहा है।

कथाकार : अब देखो दुश्मन का लहू पीते ही मस्त हुई तलवार।
अम्बर पर लहराकर उठी—उतरी तो काँपा संसार।
चली तो जैसे पवन पुरवाई उठी तो वन के मेघ मल्हार।

कथाकार : सर में घुसी तो बनी एक बिजली पेट से निकली बनी फुहार,
दुखी हुई रग-रग को टटोला चमकी बन-बन के अवतार।
दिल में लगी एक मरहम बनकर अच्छे किये सभी बीमार
बिखरे सौ-सौ फूल हवा में मौत आई बन-बन के बहार
शोर उठा हर तरफ़ वो आई दौलत नगरे की तलवार।

[दौलत कुछ सिपाहियों से लड़ते हुए अन्दर आता है—इसके फ़ौरन बाद हरमूज़ इस पर हमला करता है।]

दौलत : कौन चम्बा! बस एक लाश—बस एक और लाश—*(चम्बा भागता है)* भागेगा कहाँ—औरतें यहाँ क्या कर रही हैं—

दूर हट लड़की—मेरी तलवार बहुत जवान-दराज़ है। इतने लोग एक आदमी के लिए यही मलख़ी है—हरमूज़—यही तुम्हारे लिए मलख़ी है *(हरमूज़ दौलत पर हमला करता है)* एक ज़रा सी फ़ुर्सत—तलवार कहीं प्यासी न रह जाए इस चम्बा का ख़ून पीये बग़ैर। हरमूज़ बस इतना रहम। *(हरमूज़ से मुड़कर बाहर जाना चाहता है)* किधर भागा है—किधर भागा है चम्बा *(हरमूज़ के पीछे से वार कर देता है)*। आह! हरमूज़ मैं तुम्हारी शक्ल देखकर पहचान गया था कि तुम्हारा दूसरा नाम चम्बा है। मैंने देर कर दी—मुझे चाहिए था कि इसी वक़्त तुम्हारा फ़ैसला कर देता जब तुमने पहले यहीं क़दम रखा था। मैंने देर कर दी लोलाव, अहदू, लोलाव।

[मर जाता है]

चम्बा : *(अन्दर आते हुए)* यह देवहिकल आदमी है—यह तो ढेर हुआ—वह लोलाव कहाँ गया?

हरमूज़ : लोलाव का कुछ पता है?

सिपाही : सुना है कि लोलाव पहले ही मारा गया।

हरमूज़ : पता लगाओ उसकी लाश कहाँ है?

आवाज़ : *(दूर से)* दौलत नगराय और लोलाव नगराय लड़ाई में मारे गए। पालस से नगराय हुकूमत का तख़्ता उलट दिया गया और पालस के असली हुक्मरान राजाओं के राजा महाराजा चम्बा की हुकूमत राजधानी में क़ायम होगी। लड़ाई ख़त्म हुई। अब महल में हरमूज़ अम्न-ओ-अमान क़ायम है।

नैला : मैं लाश गिन रही थी—जानते हो इस आदमी ने मरने से पहले कितने आदमी ख़त्म कर दिये।

हरमूज़ : किसने? दौलत ने?

नैला : हाँ, साठ वार में पूरे साठ आदमी मार डाले इस एक शख़्स ने।

कथाकार : आज तलक दौलत नगरे के नाम पे उठती है तलवार,
साठ वार में साठ सरों का लगा दिया जिसने अम्बार।

तीसरा दृश्य

पालस नगर का महल

[नैला और हरमूज़ बातें कर रहे हैं]

नैला : हरमूज़, मलख़ से बुरी ख़बर आई है। थ्योरेस को दिल के बहुत सख़्त दौरे पड़ रहे हैं।

हरमूज़ : मैं जानता हूँ।

नैला : करतीस तख़्तनशीन होकर तुमसे ज़रूर कीना निकालेगा। यही वक़्त है पूरी तैयारी कर लो।

हरमूज़ : मैं तैयारी कर चुका हूँ।

[दरबार में लोग जमा होते हैं]

चोबदार : राजाओं के राजा महाराजा चम्बा!

[चम्बा का दाख़िला—इसके पीछे कोटा]

चम्बा : *(तख़्त पर बैठते हुए)* मुसाहेबीन व उमरा! यह देखते हुए कि यह तख़्त-ओ-ताज मेरा ही था, यह जश्न-ए-ताजपोशी मुझे बेमानी मालूम होता है। मेरा कुनबा कई नस्लों से पालस पर राज करता आया है। नस्लें आती हैं और गुज़र जाती हैं—इनसान पैदा होते हैं और मर जाते हैं—कशमकश, रात-दिन की तंगी व दुख, एक मुसलसल जद्दोजहद ही का नाम ज़िन्दगी है—ख़ुदा जानता है कि मैंने तख़्त-ओ-ताज

और मुल्क व क़ौम के लिए जद्दोजहद की है। क़ुर्बानियाँ दी हैं और उन सबका अंज़ाम आपके सामने है। मैं आज एक बार फिर...*(सर झुकाकर कुछ देर ख़ामोश बैठा रहता है)*

कोटा : महाराज! महाराज!

नैला : *(सरगोशी करते हुए)* हरमूज़ आगे बढ़ जाओ।

हरमूज़ : अभी नहीं।

एक आदमी : राजा को क्या हुआ?

दूसरा : यकायक तख़्त पर ऊँघ गए हैं।

तीसरा : थकान मालूम होती है—वह फिर आँखें खोलीं।

एक आदमी : महाराज फिर उठे—सुनो—कुछ बोलना चाहते हैं।

[चम्बा लुढ़क जाता है]

दूसरा : अरे यह क्या?

पहला : मालूम होता है किसी ने ज़हर दे दिया।

दूसरा : बस ठंडे पड़ गए।

तीसरा : हमें मालूम था—यही अंजाम होता है।

नैला : आगे बढ़ो।

हरमूज़ : *(तख़्त की तरफ़ जाकर आवाज़ बुलंद)* यही अंजाम होता है। जितने क़ातिल, ज़िन्दगी के ख़िलाफ़, जितने साज़िश करने वाले हैं उनका यही अंजाम होगा। चम्बा की मौत से वे सब दरस लें, इबरत हासिल करें। आप सब बागोश रुख सुन लें—कोटा, बगौर सुन लो कि मैं कातिलों, ख़ूनियों को ख़ूब पहचानता हूँ। बस इतना काफ़ी है। मैं उन्हें सज़ा-ए-मौत नहीं देना चाहता। वे ख़ुद अपनी मौत मर जाएँगे। और अगर उन्हें डाकुओं की मौत नापसन्द है तो उन्हें चाहिए कि वफ़ादारी सीखें और अपनी सलाहियत क़ौम की ख़िदमत में सर्फ़ करें। चम्बा की मौत के बाद अब उन्हें यह अच्छी तरह समझ लेना चाहिए कि मुझे क़त्ल करने का इरादा बेकार और बेमानी है—कोटा!

कोटा : जहाँपनाह।

हरमूज़ : यहाँ आओ।

कोटा : जहाँपनाह—हम सब आपकी नवाजिशों के उम्मीदवार हैं।

हरमूज़ : पास आओ।

कोटा : हुज़ूर हम गहरवानियों के तलबगार हैं।

हरमूज़ : तुम मेरे वज़ीर हो *(वक़्फ़ा)* समझे।

कोटा : मुझे आपने अहसानात से लूट लिया। मैं जहाँपनाह की ज़िन्दगी की दुआ करता हूँ।

हरमूज़ : दिमाग़ों को मुनीजा बनाओ—तुम़ आज बरसरे इक्तदार हो। अगर बरसरे इक्तदार रहना चाहते हो तो इस ख़ूबसूरत और शादाब मुल्क पर दानिशमंदी से हुकूमत करो। दिलों और बाजुओं को मज़बूत बनाओ—हुक्मरान मलख़ सम्राट थ्योरेस और युवराज करतीस हमसे यही उम्मीद रखते हैं। तबीयतों में क़ुव्वत और इंसाफ़ पैदा करो। जाओ एलान कर दो कि शहर के लोग ख़ुशियाँ मनाएँ—शाही गोदाम सिपाहियों के लिए खोल दो—गुरबाय में ख़ैरात बाँटो, और गली-कूचों में बाआवाज बुलन्द सारे शहरियों से कह दो कि जंग अपने अंजाम को पहुँची। घरों और सड़कों पर लोग ज़श्न मनाएँ।

[एक सिपाही अन्दर आता है]

सिपाही : जहाँपनाह। मलख़ से मनहूस ख़बर आई है। सम्राट थ्योरेस दुनिया-ए-फ़ानी से कूच कर गए। *(वक़्फ़ा)*

हरमूज़ : *(चम्बा की तरफ़ इशारा करके)* इस लाश को यहाँ से हटा दो।

चौथा दृश्य

मलख़ का महल

[करतीस तख़्त पर बैठा है—अमराय खड़े हैं]

करतीस : तबरेज़।

तबरेज़ : सम्राट।

करतीस : मुझे करतीस कहो।

तबरेज़ : करतीस।

करतीस : लंकर की अब क्या हालत है?

तबरेज़ : दीवानगी की कैफ़ियत है।

करतीस : क्या बिलकुल दीवाना हो गया है?

तबरेज़ : जुनून के दौरे पड़ते हैं—तमाम वक़्त वादाव मीना, ऐश-ओ-अशरत में गुज़ार देता है। घंटों ख़ामोश रहता है। फिर अपने ही ख़याल में किसी बात पर यक-ब-यक बिफर जाता है और होंठ इतने ज़ोर से चबाता है कि मुँह से ख़ून की धाराएँ बह जाती हैं—कभी वहीं ऊँघ जाता है और नींद में ज़ोर-ज़ोर से चीख़ने लगता है।

करतीस : दवा का असर है?

तबरेज़ : कुछ अफ़ाक़ा है—दौरे कम हो गए हैं बस।

करतीस : उसे दरबार में हाज़िर करो।

तबरेज़ : सम्राट करतीस का हुक्म! *(जाता है)*

कथाकार : समय बड़ा गम्भीर था और मिट गया था सब नगरे परिवार
दौलत नगरे शहीद, लंकर दीवाना, लोलाव फ़रार।

[तबरेज़ लंकर को लिये आता है]

करतीस : लंकर! *(ख़ामोशी)* मेरी आवाज़ सुन रहे हो? *(ख़ामोशी)* सुनो पालस का तख़्त-ओ-ताज तबाह हो गया—हरमूज़ हमारी मर्ज़ी के ख़िलाफ़ हमारी इजाज़त के बग़ैर दग़ाबाज़ी से पालस पर क़ाबिज़ हो गया है। उसने अपनी बादशाही और ख़ुदमुख़्तारी का एलान कर दिया है। *(वक़्फ़ा)* तुम्हारे दोनों भाई मार दिये। *(वक़्फ़ा)* मैं तुम्हें लश्कर देता हूँ ताकि तुम जाओ और अपना तख़्त-ओ-ताज हरमूज़ से छीन लो—*(वक़्फ़ा)* और अपनी मलिका...

लंकर : मलिका!

करतीस : हाँ—तुम्हारी बीवी कहाँ है? *(वक़्फ़ा)* कहो, उठाओगे हथियार?

लंकर : हथियार?

करतीस : हाँ, अपने मुल्क की ख़ातिर—अपने मुल्क पालस...

लंकर : पालस!

करतीस : हाँ अपने मुल्क पालस की ख़ातिर, तख़्त-ओ-ताज...

लंकर : तख़्त-ओ-ताज!

करतीस : जंग करने पर आमादा हो—मैं अपनी पूरी ताक़त से तुम्हारी मदद करूँगा। *(वक़्फ़ा)* लंकर—चम्बा की बेटी नैला—

लंकर : चम्बा—कहाँ है चम्बा?

करतीस : पालस में—पालस जाओगे?

लंकर : मैं ख़ून पी जाऊँगा उस भेड़िये का।

करतीस : तो हमारी फ़ौज की कमान सँभालने के लिए तैयार हो जाओ।

लंकर : क्या अब मैं क़ैदी नहीं हूँ?

करतीस : हरगिज़ नहीं—तुम कभी भी क़ैदी नहीं थे—आओ हमारे साथ।

पाँचवाँ दृश्य

त्रहगाम की वादी

[लंकर, तबरेज़ और कुछ सिपाही—लंकर एक झरने से पानी पी रहा है]

लंकर : तबरेज़, तरमाज से हम निकल आए?

तबरेज़ : हम पालस नगर के अन्दर हैं—सरहद कब के पार कर चुके हैं। दर्रा गुलाफताब से निकल चुके हैं—अब त्रहगाम में हैं।

लंकर : क्या कहा?

तबरेज़ : हम वादी त्रहगाम से गुज़र रहे हैं।

[घोड़े की टापों की आवाज़]

लंकर : यह आवाज़ कैसी?

तबरेज़ : घोड़ों की आवाज़ मालूम होती है—हरमूज़ का लश्कर होगा।

लंकर : क्या उसे चढ़ाई की ख़बर पहुँच गई।

तबरेज़ : वह पालस नगर से निकल चुका है।

लंकर : यह क्या—बग़ैर सवार के एक घोड़ा भागा जा रहा है।

तबरेज़ : सवार है—पीठ से चिपट गया है—हाथ में परचम है।

लंकर : पालस का परचम लिये? ज़रा लपकना—इस घोड़े को पकड़ो।

[घोड़े के दौड़ने की आवाज़ कुछ देर तक आती है—फिर रुक जाती है—यकायक लंकर बाहर की तरफ़ देखकर चौंक पड़ता है]

लंकर : लोलाव—लोलाव! *(बाहर चला जाता है—फ़ौरन ही तबरेज़ के साथ लोलाव को उठाए दाख़िल होता है।)*

लंकर : *(लोलाव को लिटाकर)* यह तुम्हारी क्या हालत हो गई?

तबरेज़ : यह बेल इसके गले में कैसे लिपट गई? इसे निकालिए गले से। इतनी लम्बी बेल इतनी सख़्ती से गर्दन से लिपटी है—उफ़! रगों का क्या हाल हुआ है। गला घोंट दिया इसका इस बेल ने—न जाने कैसे—*(वक़्फ़ा)*

लोलाव : लंकर मैं तुम्हारे पास पहुँच गया—भाई—वतन का पत्ता-पत्ता, बेलबूटे राय हमारे ख़िलाफ़ हो गए। हमने भी तो उनके साथ नाइंसाफ़ी की थी। उन्होंने मेरे घोड़े की मर्ज़ी के ख़िलाफ़ मेरा गला दबोच लिया। मेरा घोड़ा मुझे सरपट आपकी तरफ़ लेकर चला था कि त्रहगाम की इस बेल ने—मुझे ज़िन्दा ही न छोड़ा—नगराय सब मर गए भाई—सारे के सारे—एक सौ बेटे—यह बेल बिलकुल निकाल दो—बिलकुल। *(मर जाता है)*

लंकर : लोलाव—बच्चे...!

कथाकार : चार भाई नगराय बचे थे लंकर चक्र दौलत लोलाव एक-एक करके जन्मभूमि पर चारों भाई हुए निसार।

[घोड़ों की टापों की आवाज़]

तबरेज़ : इस लाश को अब छोड़ दीजिए—हरमूज़ का लश्कर पहुँच गया।

लंकर : हरमूज़—कहाँ है हरमूज़?

[बाहर चला जाता है—एक-दो सिपाही स्टेज पर लड़ते हुए गुज़रते हैं—इसके बाद हरमूज़ और लंकर लड़ते हुए अन्दर आते हैं]

लंकर : चम्बा के बेटी के शौहर! *(हरमूज़ को मार देता है)*

हरमूज़ : आह लंकर तू भी करतीस का ज़रख़रीद जल्लाद निकला *(मर जाता है)*

[तबरेज़ के आदमी लंकर को फ़ौरन गिरफ़्तार कर लेते हैं]

लंकर : हैं! यह क्या—छोड़ दो मुझे—मैं क़ैदी नहीं हूँ—तबरेज़ यह सिपाही क्या चाहते हैं।

तबरेज़ : आप मलख़ के सिपहसालार के क़ातिल हैं।

[करतीस और नैला आते हैं]

लंकर : कौन! करतीस!

नैला : यही है लंकर?

करतीस : हाँ, यही है।

नैला : ज़िन्दगी की कितनी ख़्वाहिशें आज एक दिन में पूरी हुई हैं। मैंने आज तुम्हें भी देख लिया।

लंकर : तुम कौन हो?

करतीस : मलख़ की मलिका।

लंकर : मलख़ की मलिका?

करतीस : इसे ले जाओ यहाँ से।

लंकर : लोलाव।

[सिपाही लंकर को बाहर ले जाते हैं]

सिपाही : हुज़ूर, धर्मू और रामदास नाम के दो आदमी बहुत बड़ा लश्कर लेकर पालस नगर की तरफ़ बढ़ रहे हैं।

करतीस : फ़िक्र न करो—एक-एक करके सब बाग़ियों के सर कुचल दिये जाएँगे। तबरेज़! सिपाहियों से कह दो कि तैयार रहें।

नैला : *(लाश को देखकर)* और यह लोलाव है?

करतीस : लंकर का छोटा भाई।

नैला : जिस दिन रूल्ज़ू का हमला हुआ था—मैंने सिर्फ़ एक भाई को देखा था—जाने क्या नाम था उसका—उसके पाँव में लंग था—बस अब नगराय ख़ानदान से यह मुल्क पाक हुआ। आप कहते थे यह आदमी मजनू है।

करतीस : हाँ—इसे जुनून के दौरे पड़ते हैं।

नैला : इसकी आँखें दौलत से भी ज़्यादा चमकदार और हसीन हैं।

[आरवल गाती हुई आती है।]

आरवल की आवाज़ : चार भाई नगराय बचे थे, लंकर चक्र दौलत लोलाव
एक-एक करके जन्मभूमि पर चारों भाई हुए निसार।

करतीस : यह कौन औरत है—कितनी अच्छी आवाज़ है—तुम यहाँ क्या करती हो?

आरवल : क्या तुम अब इस मुल्क की रानी हो?

नैला : मैं हमेशा से रानी रही हूँ।

करतीस : तुम क्या करती हो?

आरवल : जननी हूँ।

करतीस : क्या?

आरवल : सूरज पैदा करती हूँ।

करतीस : क्या कहा?

आरवल : मेरे पेट में सूरज है।

नैला : पागल औरत है चलो।

[आरवल गाती हुई दूर निकल जाती है]

कथाकार : कहा आरवल ने जननी हूँ, सूरज पैदा करती हूँ
सूरज बनके चमकेगा पालस पर एक नया परिवार,
एक देश था पालस जिस पे नागराज करता था राज,
तुम बेटे हो नागराज के जिनकी महिमा अपरम्पार।

[सब अदाकार स्टेज पर आ जाते हैं और हाजरीन की तरफ़ हाथ उठाकर एक साथ गाते हैं।]

तुम बेटे हो नागराज के जिनकी महिमा अपरम्पार
जिनकी महिमा अपरम्पार, जिनकी महिमा अपरम्पार।